[新加坡] 谢勤 著

冈瓦纳之约

Mission from Gondwana

SPM
南方出版传媒
广东人民出版社
·广州·

图书在版编目（CIP）数据

冈瓦纳之约 = Mission from Gondwana / ［新加坡］谢勤著. — 广州 ： 广东人民出版社，2021.7
ISBN 978-7-218-13841-1

Ⅰ. ①冈… Ⅱ. ①谢… Ⅲ. ①长篇小说—新加坡—现代 Ⅳ. ①I339.45

中国版本图书馆CIP数据核字（2019）第196438号

GANGWANA ZHI YUE
冈瓦纳之约
［新加坡］谢勤 著

出 版 人： 肖风华

策划编辑： 黄洁华
责任编辑： 黄洁华 李丽珊
装帧设计： 友间文化
内文绘画： 罗晓玲
责任技编： 吴彦斌 周星奎

出版发行： 广东人民出版社
地　　址： 广州市海珠区新港西路204号2号楼（邮政编码：510300）
电　　话：（020）85716809（总编室）
传　　真：（020）85716872
网　　址： http://www. gdpph. com
印　　刷： 广州市岭美文化科技有限公司
开　　本： 889㎜×1240㎜ 1/32
印　　张： 8.625 **字　数：** 180千
版　　次： 2021年7月第1版
印　　次： 2021年7月第1次印刷
定　　价： 45.00元

如发现印装质量问题，影响阅读，请与出版社（020-85716849）**联系调换。**
售书热线：（020）85716826
本书简体字版由中华书局（香港）有限公司授权出版。全球翻译版权由广东人民出版社有限公司代理，联系方式： kitwah@126.com

给女儿的话

写这本书是基于对文学创作的爱好。

送给我挚爱的女儿，妈妈每天过着忙碌的生活，最不想的是错过你的成长、剥削你的童年。

此书原只为记录下你的生活点滴，作为你成长的见证。

妈妈感谢你的陪伴。

女儿，生命必遇低潮、艰难，在最黑暗时，请相信成功就快来临！

生活总要有梦想，每天在希望中开始，将构想付诸实践，用生命去创造美好事物。

成功之匙在于思想俭朴。

序1

万物有灵

《冈瓦纳之约》是富于想象力的谢勤女士，用迁徙的鸟与迁移的人构筑了人鸟交集的童话世界；又用由迁徙的鸟完成寻找携带巨树种子，以拯救被烧毁的森林，完成了从远古至今的穿越。

十多年前，当我听说，科学家经过卫星追踪确认斑尾塍鹬可以七天七夜连续飞行，从南半球到北半球繁衍后代。我的内心无比感慨，迁徙的鸟儿们真是伟大的飞行家！它们会经历怎样艰辛的旅程？

谢女士用这样撼人心魄的事实，展开了无限的遐想。鸟世界也有称霸者，也有强取豪夺者，也有保卫家园者，也有团结战斗者……为了完成使命的迁徙鸟儿，历经磨难，团结互助，最终将巨树种子送达目的地。这样一部神话小说看似主角是鸟，实则正如谢女士所说，是“通过鸟眼看人性”的“探索欲望和爱的哲理”。

谢女士是一位不断跨界的坚强女性，当作家是她儿时的梦想，并且在她18岁时就有独幕剧作品搬上香港艺术中心的舞台。如今，她又在紧张繁忙的工作之余，完成了这部在人鸟世界穿梭的神话小说；同时，又一次完成了自己的飞跃。用小说这样的艺术形式描写迁徙的鸟，《冈瓦纳之约》应该是中国内地的第一本吧。小说中细腻的笔触、张弛有度的架构也彰显了她的文学功力。

感谢谢女士深情奉献，希望能有更多的少年儿童了解鸟生的不易，唤起心中的大爱，与自然和谐共处，保护鸟类和它们的家园。

地球由万物组成，无论远古还是未来，世界属于所有生灵！

付建平

中国观鸟会前会长

2021年春

序 2

天道酬勤　感谢天恩

如果天下间真有才女，谢勤可谓当之无愧。认识她，纯属偶然——通过朋友的辗转介绍，三年前某日在深圳，我约了美国总统奥巴马同父异母的弟弟马克·奥巴马，还有几位文化艺术界的朋友，午餐聚会。谢小姐是马克·奥巴马的新书中文版代理人，也在场，于是我们认识。当时谢小姐脱俗的谈吐、优雅的仪容，还有她开阔的视野和丰富的历练，在我心中留下极为美好的印象。她又是一个成功的企业家，而且是航空业，运营的地点更远在新西兰！此后，每次有缘聚首，她总会不断给我新的惊喜——八面玲珑的交际手腕，长袖善舞的商场经验，不一而足。唱歌舞蹈她也在行，音乐写生她也懂得，如今她还写书！

承蒙厚爱，谢勤小姐请我将她以中文书写的部分原稿翻译为英文，她的新书，我因此能够先睹为快。她天马行空的无限想象力，横跨宇宙时空的创造力，令我叹为观止。不仅如此，她还计划把新书延伸到歌曲、舞台剧、电影、动画、漫画、油画等多媒体的表现形式！这书里面的主角都是鸟儿，从庞然大鸟鹰鹏雁到娇嫩小雏鹊燕雀，在她的笔下，都活灵活现，栩栩如生。谢勤小姐有可能是中国的洛琳；那么她的新书，也就是中国的《哈利·波特》。

如此佳人不世出。她令人瞠目结舌，惊为天人。说坦白一点，我有“勤卿生也晚，恨不早相逢”之叹。还有一点奇异之处，没想到她三十年前就曾在一个剧本比赛的颁奖典礼上，从我沉醉于戏剧的中学同学、我的毕生挚友、港大教授林大庆医生的手中领过奖。岁月如流，没想到如今谢小姐会出版她的处女作。在写作这个世界，我衷心希望她尽管大器晚成，却能一鸣惊人，漫步在这个锦绣瑰丽的创作园地上，可尽情享受，率性发挥。路虽遥远，然而来日方长。我乐意陪伴她走一段这样的文化创意和综合艺术的花雨诗路，看花听鸟，吟诗咏词，南阡东陌，海阔天空，任意翱翔。

香港大学浙江科学技术研究院副院长

香港大学名誉教授

关品方

2021年春

序 3

献给鸟

我的观鸟嗜好打从中年开始，至今差不多有二十年。当我面对着广阔平坦的米埔泥滩时，无数鹬鸟忙碌地在泥巴上寻找食物，我仍禁不住想，你们从千里之外的西伯利亚，千辛万苦飞到这片宁静的湿地觅食，稍稍休息之后，又继续飞往千里之外的澳大利亚及新西兰，只要一息尚存，每年都会来来回回，从不间断，到底所为何事？

候鸟懒得理会胡思乱想的旁人，未待我分辨清楚是哪种水鸟便扬长远飞，继续它危机四伏的旅途。或者正是这份执着，再经过千万年的奋斗和适应，鸟类的足迹终于可以踏遍地球每一个角落，它们也成为人类羡慕不已的动物。

我们每天营营役役地埋头工作，只为寻找平稳的生活。到底是我们乐于埋头苦干，还是人穷志短？是你们天生志在四方，还是不满现实？

作为一个平淡的观鸟者，候鸟正好代表不畏艰险的旅者、开拓新天地的勇士、不屈不挠追求自由的先驱。

希望此奇幻小说能增加公众对候鸟的关注，支持世界各地保育鸟类工作。

香港观鸟会主席
刘伟民
2021年春

自序

让梦想起航

我的童年是在书局、图书馆里度过的，梦想做个作家。十八岁时拿下香港独幕剧创作比赛冠军，得奖剧本被结集出版兼搬上香港艺术中心舞台，连续公演三晚。

面对未来现实，高中生许下了约定：相信文学创造力不会消失，只会技巧生拙；专心向着某专业发展，等待他日前程安妥，定必重拾创作。

廿多年后，在南半球新西兰机场禁区里，与一群对飞行充满热情的工程师共事，机库内每架航空器由我命名“注册号”开始，亲见生产线上零部件生产、组装、试飞、认证，每个环节男士们总是严谨加执着，亦万幸地见识到在那广阔蓝天绿草地间，他们生活得多么“尽兴”又“调皮”。

于是，在温暖的圣诞节假期里，为了让梦想起航，我亦起航《冈瓦纳之约》这架“注册号” ，我简称为《鸟》。

希望世界各地的读者，能通过鸟眼看人性，我希望这是一本令人反思欲望和爱的哲理书，歌颂万物有爱，生生不息。

谢勤

2021年春

目录

CONTENTS

目录 CONTENTS

第一章

百万年前的远因

Winged Creatures with a Mission

1.1

冈瓦纳的巨树种子上岸?

从海岸看去，金色日落，蛋黄般嫣红的夕阳垂落于远海尽头，把半空中的落霞染上橙红。

面向着辽阔的大海，金黄的海浪，男孩与父亲站在沙滩上垂钓。

数束直立漂浮的海草，漂近男孩身旁。男孩从海水中拾起，向后一扔。海草种子又向岸上迈进了。

鸟眼自高空看下去，这个在新西兰海边的住宅区位于海湾入口，河口与海水的交汇点，涨潮为泥滩带来了大量的贝类、鱼虾。沿海的红树林、岩石峭壁堆，吸引大群海鸟飞翔离聚。

红树林湿地泥泞里，全身黑羽紫腹白尾的紫水鸡，匆忙地朝泥滩踱步往前，紧张地注视前方海面的动静。

近岸礁石，有只棕栗色的斑尾塍鹬，在离浅滩不远处，低飞盘旋。他察觉到波浪中，从水底下折射出的微弱磁光，正盘算着这磁光是否就是冈瓦纳密令所颁告的那即将上岸、百万年前的巨树种了·呢？

这一切却被一位身处万多公里外的尼泊尔智者老翁摄入了眉心。

1.2 智者老翁的揭秘

高山之巅，白雪覆盖的喜马拉雅山脉，高耸于尼泊尔山区。年迈瘦削的老翁，满脸皱纹，皮肤黑实，身穿印花白上衣、橘黄灯笼裤，双脚盘坐于坚硬岩石堆上。

他用中指指向身旁男孩的眉心问男孩：“看到了吗？”

男孩回答：“看不到。”

智者老翁身旁的玫瑰红鹦鹉撒娇似的把头向后一仰，娇柔地期待着智者五指、掌心的爱抚。他用卷舌歌声回答：“看见了。”美丽、鲜艳的玫瑰红羽毛，那聪慧的小脑袋，同智者老翁一样瞥见了万多公里外、新西兰海边近岸礁石堆里，从水底折射出的微弱磁光。

智者老翁仰望当空的烈日，说道：“巨树种子快要上岸了。”

树林被风吹得摇来摇去，呼呼风声中夹着几声尖锐口哨声，鹰们展翅翱翔，盘旋于翠绿的青山。

山腰处，有个青年人放下竹篮，打开盖顶，说“去捕食吧”，蛇从竹篮中缓慢爬出来。

褐鹰高突深沉的眼眉骨里，眼神炯炯。他的嘴灰绿，头顶竖起羽冠，覆盖前额至后颈，褐黄翼覆羽，喉、胸混集褐羽白斑。

褐鹰空中俯瞰窥视碎石泥地，瞥见蛇从竹篮中缓缓爬出。褐鹰二话不说，立即俯冲而下，锐利的黑趾爪有力地抓住滑溜的蛇身，利喙钳住蛇头，翅膀大开。蛇疯狂地翻滚扭动，用尚能活动的蛇身猛力挣脱。鹰的利喙更牢牢地抓住蛇头不放，不时甩动双翅，拼力压制蛇的反扑。

蛇渐渐体力不支，失去反抗之力。褐鹰将蛇头一口咬碎，吞食整个蛇头。接着他用锋利的黑趾爪将蛇体撕碎，骤然间狼吞虎咽，吞下蛇身尾段。

褐鹰猛烈地扬头挺胸，呆滞的目光凝视着烈日高空，将还在体内蠕动的蛇体用腹肌压下去。

山腰那青年人鬼祟地沿树干向树顶攀爬，快爬近鹰巢，他伸手入巢欲掏出雏鹰。空中响起数下刺耳哨声，成年褐鹰急速归巢，用锐利的钩爪攻击那青年人的双眼。

青年人整个人从树上坠地，慌忙爬起，双手抹着双眼，发狂大声喊痛，沿迂回曲折的山路狂奔下山求助。

智者老翁对身旁男孩说：“这世界被人类霸占了！忽视万物皆有灵，有灵即有思想。思想生信念，惜一念之差，纷扰即起。”

头顶鹰群聚集，激昂、刺耳地鸣叫，吵杂不已。

智者老翁没理会，吹了一声怪异的口哨，褐鹰们迅速飞落老翁身旁的岩石堆，打圈盘旋，等候老翁发话。

智者老翁仰望前方连绵起伏的低山丘陵。用鹰语唱出：“去告诉鸟儿们，十天之内，巨树种子要上岸了，叫他们准备出发吧。”

男孩：“你会鹰语？”

智者老翁：“世间有很多奇妙的事，只能用这里（指男孩额头）去理解。”

男孩：“我不明白。”

智者老翁：“想听故事吗？”

男孩：“想听，是吓人的吗？”

智者老翁：“是悲壮的！百万年来，每年都重复发生在候鸟身上。”

男孩：“不是人的故事？”

智者老翁：“是候鸟迁徙的故事。”

1.3 直立人火烧树精

智者老翁：“孩子，闭上你的眼睛，用这里（指向男孩额头）去听，用你的灵去感受灵。离开混乱，弃下烦扰；如烟火熄灭，宁静地消失，无我，一点光，只剩下一点闪烁灵光……

回到很久很久以前，久到一切还在进化之初，地球是一块被森林、湖泊、草原覆盖的陆地，海平面比现在低很多，至少还没有大海，在冈瓦纳的森林里……”

男孩：“冈瓦纳？”

智者老翁：“这座山往前，千多公里外，有个茂盛的森林。森林里有很多湖泊、瀑布、溪流，植物沿着溪边生长，树荫高低不齐。茂盛丛林里草仙和千岁百岁的树精到处皆是，每棵树都具有生命，森林充满活跃的生命灵光，树精们过了很长、很久的快乐时光。”

男孩似乎感兴趣，接着听下去，智者老翁的宠物——酣睡的玫瑰红鹦鹉，抖松喙边的羽毛，一只脚收藏于腹羽内，单脚站着，微微闭起双眼，静静地听着主人讲故事。

智者老翁指尖抚摸着鹦鹉的小头，将故事娓娓道来——

离现今约百万年前，冈瓦纳丛林里有只巨鸟，貌似今日的鹰。他有漆黑光滑的头颈，宽阔的翅膀，修长的尾羽，无比神力。他身形巨大，如河中泥滩岛，经常出没于湖岸密林，于丛林区施暴生事、残杀百兽；喜将犀牛从平原举起，低空滑翔游玩后，再抛进大海；又将鲸鱼从汪洋中捉起，往水浅处滑行，带往石滩峭壁，再摔弃至雪山深谷。被他残杀的众兽，尸毒污染杂草，毒液污染雨林，一股灰扑扑的霸气凝聚林间。他横行百年后，处罚早已降临身旁。

他的玩伴“迪”，即美艳的巨树精，经常引领巨鸟去寻找最美的花野原地，尝遍林中最鲜甜的果子。

渐渐地，贪食的巨鸟发现视线模糊不清，眼前黑云长聚不散，迪忽然不再找他玩乐。巨鸟参不明，但心绪却异常亢奋，总欲高飞冲破万里黑云，却惊见幼鸟们不再长高，反而一个个矮了下来，变成矮鹰。巨鸟终于恍然大悟，想通了是怎么一回事。

原来是迪存心毒害巨鸟族。巨鸟立誓杀死这昔日玩伴。早知后果的迪躲进深山密林，巨鸟屡寻不获。

巨鸟亢奋飞天前，想到恶毒的迪存心灭族，必能令其他鸟族旺盛变巨鸟，他万万不能令迪的种子存活于世。

巨鸟用仅存的意志，力抗鲸吞他的黑云，他对矮鹰后代留下警世遗言：

我族本是巨霸，但为狡猾树妖存心所害，面临灭族之灾。受苦的子孙，你身从此矮小，但我鹰凶猛优越，势做霸主，千秋过后，永远是皇。皇之后代谨记三条：

第一条，为免再被树妖以林果毒害，鹰之后代改吃兽肉。

第二条，树妖存心暗算，必须歼灭，不能令其后代生存。

第三条，如有冒起鸟族，助迪迁移传播种子，务必灭尽杀清。

毁灭巨树，毁灭巨树种子，毁灭帮助她的候鸟，这便是鹰族的使命。

巨鸟扔下遗言后，意志终被接管，他飞上天，冲进黑云。云层中，身躯释放了灵，灵上了更高的星空。星河银辉中，天鹰星辰横贯天际，锐意永远守护……

鹰之后代，继而练成加倍的凶猛残暴，称霸山林，尤其喜吃林中毒蛇。

说回美艳树精迪，她毒害巨鸟后，受到天谴，厄运降临。迪病了，躲在尸毒污染的雨林里，很快病入膏肓；树根、枝叶但凡有折损伤口，则流出大量白色难闻的浓液，阵阵臭味恶心，久聚林间不散。直立人进入林区，每每呕吐不停，甚至出林后病死。直立人相信恶臭皆因林中住妖，于是逐步砍树，歼灭迪的族群。但迪的族群树精奋力反抗，新的树苗更见迅速生长，直到疯狂的一晚来临。

天色昏暗，雾气连同恶臭如常四散。直立人穿越森林，向着深谷丛林走去。特殊味道使部分直立人恶心难受，他们从喉部发出粗糙的叫嚣，栖身巢穴的禽鸟们感受极之不祥，预见大难将至，纷纷惊恐离巢，逃离森林。直立人们察觉这异象，拾起尖长的树枝，飞镖般投杀低飞的群鸟。

天色全黑后，直立人们奔走于山谷林间，点起火苗。熊熊大火将迪的林区烧着了。树荫下直立人们为避免吸入恶气，背起鸟禽猎物，撤离到对面山丘的丛林。他们欢欣地点燃火把，将捕捉的野兔鸟禽烧熟，庆祝树妖被灭。

高耸于山腰的树精们，目睹山坡下浓烟密布，丛林中哀歌处处，年迈的老树精们被漫山遍野的烈火烧着，熊熊大火染红夜空。

幸存的树精们悲伤无比，纷纷展开高耸巨大的树衣。

“我的孩儿，逃吧，逃离伤悲、失落。别回来，别回望，寻找新森林陆地，开始新旅程吧。明月星辰，你们瞧他们对我们做了什么，愚蠢会有恶报偿还！相信自己，火焰燃烧，但你们不孤独，我们会掩蔽你、保护你！别回来，别回望，巨树种子！逃吧！逃吧！”

Giant Tree Seeds:

You are not alone. We shall protect you.

Don't turn back. Don't look back. Flee!

Our children:

Embark upon your sacred journey. Seek a new land.

Don't turn back. Don't look back. Flee!

Moon and Stars, you are witnesses,

to the destructiveness of the hominids.

They shall atone for their folly.

火愈烧愈旺，全身溃烂的迪呻吟着逃出密林，伸开树衣，唱出垂死哀歌：

“直立人啊！与你何干？是我强出头，为群兽出头。为你招厄运？是我自招了厄运！你！直立人才是我的厄运。熊熊大火烧我、灭我。种子啊！种子们快逃，快离开吧！直立人啊，为什么要毁我？臭味难抵，流脓恶臭，是为什么？直立人，是你们。残害我，把我烧？将我灭？不辨妖或精，直立人，你们不知森林事，却害我受刑灭族！”

“月亮，您是知道的，千年智慧，明月能做证，我做错了什么？我为谁？谁祸我？谁害我？谁又灭绝我？救我！救我族啊！为何遭受厄运？我做错了什么？什么是因？难道这就是果吗？明月，为何你不理？难道你亦因果不分？”

迪眼见可怜的小树精们难逃厄运，在她跟前被火焰吞噬。

跟前的小树精在死前说：“下世不做树精，怎么逃也出不了森林，一定化身小鸟。”

My next incarnation

A dryad I shan't be

For I cannot flee the forest.

Better a little bird

Crafty, winged and free.

她痛心疾首，指天嚎哭：“是我害了族群，是我强出头，族群病入膏肓，再遭人灭绝。今天不是果，是因，是一切的因，害我族的，静待你的果吧，你的果总会来。”

风更猛，许多火苗蔓延成烈焰，灌木林里，气温升高、干燥，火势更是旺盛，处处皆成灰烬。

垂死前的迪双眼中尽是火焰，她用尽残余意念看穿火焰，是旋风，是卷风，是龙卷风！不！是一条愤怒的火龙，怒火烈焰填满整条龙卷风。火龙向她旋转迈进，过来了，更近了。

烈火中的迪怒愤至极：“带着罪，带着累，族群啊！我会赎罪，一定赎还我的罪；带着因，赎还我的罪。”龙卷风夹着火焰，将迪连根拔起，疯狂席卷，卷向雨林尽头。

冈瓦纳古陆雨林烧了很久，树精们用尽方法，令种子逃离森林。风起树摇，绒花球颗粒被风吹起四散；溪流旁，果实掉入溪水，或被猴子摘下带走，或被野兔拾起，沿河流而下。暴风雨夹带猛烈的闪电、响雷，经历多次持续剧烈的地动山摇，地壳板块又再分裂、漂移。部分幸存巨树精跟随漂移板块远去，巨树种子们被潮水乘载，在浪中漂浮，冲出海湾，随海流漂远。

留存在冈瓦纳古陆丛林的巨树精们更是孤独，终日忧心能否存活下去。在多次雷电火灾中，巨树精们舍身庇护飞鸟群。适者生存，在生与死、爱与恨、情与义间，有群幸存的飞鸟，为报答巨树精们的拼死相救，于是飞到巨树顶，许下诺言：“无论如何必将巨树种子，送至漂移远方的荒岛，确保巨树种子存活万世。”

飞鸟群摘取有种子的枝条，树顶磁光乍现。

1.4

海草精灵的巧手

这群许下诺言的飞鸟越过山丘、河谷，底下是座座冒热烟的石礁岛。岛上到处可见平坦平原，长满绿黄的矮小植物。

飞鸟群中有鸟提议停憩片刻吃谷子、小鱼，于是鸟群停于石礁岛。

不料鹰群出现，一番争夺后，巨树枝条纷纷掉入海浪中。

飞鸟群很后悔、哭泣："我们怎么办呢？答应了送巨树种子去新海岸陆地，现在我们怎么实现这承诺呢？巨树的希望，是他们对我们的托付。他们的愿望被我们毁了吗？"

"Aghast, the birds lamented":
Whatever shall we do?
A solemn vow did we make,
To the Giant Trees of Gondwanaland.
A new home for their seeds to seek.

一个神奇的绿裙精灵，从海滩礁石里冒了出来，她温柔地安慰飞鸟群："不用担心！我能帮你们，能帮巨树，巨树种子会抵达她的新陆地。"

飞鸟群好奇："你怎么知道巨树种子长什么样，像什么

样？”

绿裙精灵：“当然知道，就是一簇簇的种子。”

飞鸟群：“是的，对的。”

飞鸟群：“你是谁？”

绿裙精灵：“我是海草精灵，我住在海岩石堆里。我以前亦住过森林，最后安居在海里。所以，与你们一样，我可以看见闪亮精灵，我能看见闪亮种子掉进海里，坠入我手里，在我手心休息，和我一起。我会掩护她，会用沙石包裹她。巨树种子会继续她的旅程。”

飞鸟群：“我们不应停留，不应休息。”

海草精灵唱：“你已被选择，为了使命，旅途会长、会远，比你能想象的长。坚强、硬朗，是勇者斗士，是我的英雄。”

跌进海中的巨树种子，被海草精灵包裹在泥沙中，经由浪潮百万年间向着远方漂流、推移，找寻新的陆地森林。

感恩的飞鸟群为弥补过失，也为报答在冈瓦纳古陆多次地裂危难中舍命相救的巨树精们，继续谨守承诺，每年迁徙至南方，找寻巨树种子的下落。海草精灵亦遵守所诺，用海潮推送巨树种子上岸。每年那时候到了，飞鸟群终日飞翔，迁徙至南方。试图起飞、迁徙已成为鸟群的生理本能，即使是被笼养的候鸟，也总是向着那方向振翅欲飞。

男孩：“这故事是真的吗？”

智者老翁：“迁徙的海鸟说是真的。”

第二章

天敌褐鹰的追捕

Golden Eagle in Fierce Pursuit

2.1

跛脚鹦鹉的诡计

智者老翁眼观天色风云骤变，沉思屈指推算出，含恨百万年的因，又将蠢蠢欲动。

智者老翁叹息：“万物啊！无物高过万物。曾堕落、经历来世今生，苦行一生，感受痛苦爱欲。风暴！放下吧！别兴风作浪！”

智者老翁呼叫宠物玫瑰红鹦鹉：“去向褐鹰传话，告之候鸟务必等待风暴过后，方起程南飞。”

小鹦鹉于是飞向喇嘛寺，他立于寺前石碑顶，一只脚明显骨折，原来是只跛脚鹦鹉。

妩媚的跛脚鹦鹉在寺前对褐鹰献计：“何必直接参与？黑鹰、白鹰自会杀尽候鸟，不费兵卒，配合风暴便可智取。取胜不费力，天助智者成大业，掌握时机是关键。去！去！去！快去‘提前’颁发密令，赶在风暴之前。前！前！前！在暴风里灭绝黑、白雄鹰。”

褐鹰唱："哈哈！对手竭力作战，自己养精蓄锐，让他们疲劳混战！这就飞去令台，提前颁发密令！提前颁发密令！"

百只七彩鹦鹉聚集树梢，跛脚鹦鹉立于树顶高位，他圆锥状的喙，强壮有力，能咬碎坚硬的果子外壳，"不善于长距离飞行又怎样？"

跛脚鹦鹉目送褐鹰飞远，远至天边，远至那小黑点消失于浩瀚蓝天。

她对鹤立万里外雪山巅峰的高山鹦鹉低声鸣唱："形势大好，已安排好，他们将一一杀敌。风暴将至，争夺开始。难得良机，完美时刻，只管听我的。等待！耐心等待！等他失败！待他失败！"

她继续唱："高山大英雄，不管纷扰，不失分寸，任他争夺。静观风云，留守雪山，是你使命。留守雪山，光辉荣耀，磁光一到，能者吞下巨树种，智者成就，达者成皇，族能称皇。"

My snow-capped mountain warrior.

Ignore the fuss, maintain composure, and let rivals contend.

Tranquilly observe the farce of life below,

While standing guard on high is your brief.

It is an honour to remain at your post,

Until a mysterious aureole upon your radar shows.

The ultimate hero shall swallow the Giant Gondwana Seeds.

Attain paramount wisdom, ascend the throne and immortalize his race!

万里外，高山鹦鹉孤独鹤立雪山要塞：“守住雪山，无鸟能进。守！守！守！守到最后。”

跛脚鹦鹉带头飞往秘石地，途中百只七彩鹦鹉尾随，沿途歌声刺耳响亮：“大英雄？鹰？尽情施暴吧！暴力的世界完结后，将会是最漂亮的七彩世界。宏图大计，聪明的计谋，新世界的主人，鹦鹉王国！聪慧唯独是鹦鹉，何惧狂鹰争夺？攀木英雄啊，起义！新世代！听听！叫声多响亮。瞧瞧！与人沟通，代代监听。称皇，成万禽之皇！成就！成就！成就万禽之皇！”

领头的跛脚鹦鹉甩甩小头，娇柔地笑了：“跛脚是弱？嘻嘻！跛脚是缺憾？嘻嘻！嘻嘻！天知我更是聪明，更专注用心，更努力用计。”

2.2

老斑尾塍鹬托孤

夕阳西沉，夜将降临，西伯利亚宁静的荒野森林、沼泽、草原覆盖着辽阔的高地。满载煤炭、矿物的货卡由铁路轨道运出丛林。沿路峭壁高耸，陡峭的谷壁引出串串瀑布溪流，倾泻而下。列车穿峰过峡，一个又一个架空山洞过后，礁岛后是大片的原始森林。

夜间树梢被月光照亮，树精们纷纷离开树梢，走进森林。

传说不死之身的湖妖，孤寂地住在礁岛丛林尽头。

湖底喷出泡沫，热气从水底礁石裂缝中不断泄出，湖心更添诡异。湖妖脚踏夜湖银波，星点银带；空中月色淡黄，朦胧浅柔，她仰天静观月色流泻。湖面水光交融，波浪荡漾，雾气蒙蒙，芦苇精灵们漂浮奏琴，琴色悦耳清澈如湖水般优美柔和。

湖岸旁的宁静小镇空气凉爽，鸟鸣处处。教堂内，即将举行礼拜的黑衣修士，正逐盏点燃蜡烛台。小孩们围绕树根捉迷藏，穿来穿去。女孩留意地上的一只幼鸟，脚被铁丝缠绕，痛楚难飞。女孩将其捧起，跑向黑衣修士求助，修士用剪刀替幼鸟剪开缠绕的铁丝。

幼鸟头顶黑褐，飞羽褐斑纹，翼羽灰白，尾上覆羽黑白，嘴又尖又长，微向上弯。小斑尾塍鹬终于摆脱铁丝飞起，她涉水飞行，飞向湖心中央，那里的泥滩是她和奶奶经常流连之处。

两只橙褐、棕黄羽毛的尖尾滨鹬长长的嘴，长长的脚，在快涨潮的泥泞中踱步，湖面雾气愈见弥漫。

尖尾滨鹬叔叔低头教授幼鸟们泥滩里觅食的技巧：“脚踏泥面，感应地下泥里颤动的小动物……有吗？是！是蠕虫在动。”叔叔套着脚环。

尖尾滨鹬阿姨向另一群幼鸟教授捕捉浅滩小鱼的技巧：“先在空中盘旋搜索，轻振双翼，静候猎物，瞄准机会，迅速俯冲扑击，尖喙入水，叼起水中小鱼，迎风而上。”

此时，飞至湖中心的小斑尾塍鹬，突然被凶猛的褐鹰偷袭，

她吓得惊慌大叫。褐鹰一口咬住小斑尾塍鹬，将她带上泥滩。

老斑尾塍鹬飞至身旁，她装出翅膀受伤痛苦万分的样子，褐鹰被骗了。褐鹰取易舍难，抛下不停挣扎的小斑尾塍鹬，转向攻击老斑尾塍鹬。

小斑尾塍鹬乘机逃离，老斑尾塍鹬与褐鹰拼死搏斗。小斑尾塍鹬惊吓的尖叫声惊动了附近的红嘴鸥，海鸥群起冲向褐鹰。褐鹰终放下趾爪中激烈挣扎的猎物，高飞逃避，老斑尾塍鹬伤重坠落石礁。

伤重的老斑尾塍鹬乞求尖尾滨鹬夫妇带小斑尾塍鹬南飞避冬。

老斑尾塍鹬："小鹬幼小，早失去双亲，我又遭不测，已无能力守护。天气即将骤冷，乞请带她起飞，飞越大海，求领小鹬迁移，扶持成长。"好心的尖尾滨鹬夫妇答应了。

尖尾滨鹬叔叔："当尽力守护。"

尖尾滨鹬阿姨："用全力扶持。"

伤重老鸟对小斑尾塍鹬唱："活下去，要活下去。"

老斑尾塍鹬将面颊上一条小绒毛拔下，送给小斑尾塍鹬，唱："鹰锐意杀尽我族，奶奶无法陪你长大，让我的绒毛陪伴你，陪伴成长。我的灵将附在这绒毛上，想依偎我，就抚摸它，如我般陪你，伴你成长；想跟我说话，看夜空的星星，一定记得月黑天朗的晚上，天上有银星带，从天的一边横跨到另一边。我在温暖的南十字星空等你。"

The vicious eagles aim to exterminate our race,
And grandma must leave you now.
As you grow, let this soft cheek feather,
accompany you in my place.
My spirit shall live on inside it.
When you need solace, touch it.
Remember to star gaze on the darkest night.
Within the Milky Way,
That criss-crosses the heavens.
I shall await you in the Southern Cross' warm light.

小斑尾塍鹬问："满天星星，哪颗是您？"

老斑尾塍鹬："是漆黑南空星团中，那颗最明亮的星，你眼神停留的那颗明星，便是我。"

褐鹰穷追不舍，再次突击，伤重的老斑尾塍鹬被鹰双趾爪整只捉起，拉上高空。老斑尾塍鹬远离的眼神流露无限依恋，风中夹带老斑尾塍鹬惨烈的嘶叫，杀戮的情景收入小斑尾塍鹬无助的双眼中。

泥滩上的尖尾滨鹬叔叔，形容枯槁，面容憔悴紧绷，站于一群失去至亲的孤雏前唱："死神随时袭击，借疾病、天气、天敌夺去至亲、朋友。前路充满恶魔，凶险异常，要学会挣扎求存！打起精神，保护好自己，失散随时出现，死神随时召唤。孩子们，祸福难测，但愿横祸没降临前，我能多保护你们。厄运随时降临！要尽快学会用太阳、星星、高山辨认方位，无惧阴云、迷

雾，遇上任何离散，都能继续飞向温暖之地。”

Death ambushes at any time.
Disease, weather and predators rob us of kith and kin.
Demons and hazards lie on the road ahead.
Buck up, arm yourself.
You must learn to struggle for survival!
Separation or your last wing flap,
may occur at any time.
For the Angel of Death,
is always an uninvited guest.
Little ones, fortune good or bad,
is difficult to foretell.
Your protection is my mission.
May calamity turn us a blind eye!
You must learn your location to discern,
by the sun, peaks and stars.
Fear not dark clouds or haze.
No matter what you encounter.
If separated from the flock.
Press on to the warm south.

尖尾滨鹬阿姨唱：“见到的都是学习。是！是！痛苦中成长。严寒将至，不论听懂与否，就跟着飞吧，飞向温暖。”

天色全黑后，晶亮剔透的皓月爬升，繁星闪烁。

鸟群中最小的雏鸟，欲退后逃离鸟群，斑尾塍鹬姐姐俯身对小雏鸟唱：“你定不明白，如你留恋安逸，不愿高飞，必死无疑！留下必死无疑！寒冷将你冰冻，冻土将你埋藏，树枯你将饿死。如想生存必须跟着飞，跟着飞！”斑尾塍鹬姐姐系了颈环。

尖尾滨鹬叔叔：“分两条路线，大的跟我沿陆地飞，沿岸充满危险，但你们必须经历，学习生存技巧；幼小的跟阿姨飞，尽量偏离沿岸。我必须同你们讲清楚，路线是不一定的，只是飞向温暖土地。”

众鸟歌声回应：“飞吧！”

众鸟齐唱：“待天气回暖后，再回来！”

尖尾滨鹬叔叔：“为减少体力消耗，飞行队形会变化，尽量利用气流保持体力，大伙跟着变化。”

尖尾滨鹬叔叔领着众斑尾塍鹬孤雏，沿水面起飞，很快由直线变阵为V字形。尖尾滨鹬叔叔领头，尖尾滨鹬阿姨、斑尾塍鹬姐姐各占两边尾端，护着中间一群幼鸟。

泥滩上的杂草精灵，兴奋地随风跃舞，欢送这群展开迁徙旅程的异种孤雏。杂草精灵婉转悠扬的歌声唱：“是凉风，使心灵融入大地与天空。是这样，这里冰雪将至，为彼此短暂的生命，真诚付出，放下伤悲。更多挑战与困难，是生存者的使命，用生命护着生命。就这样开始，遨游于天际，飞去和暖之地。为爱，为了延续爱！为生命，为了新生命！”

低飞的红嘴鸥群，他们头、体皆白，嘴、脚土红，后背浅灰，双翼端为墨黑色。红嘴鸥们不甘落后，用高亢又庄重、粗犷又豪放的歌声，鼓舞初飞的孤雏们：“年轻的生命，战胜恐惧，日月与星辰，请守护他们；苍天与大地，见证孩儿，见证壮大，成就希望。为生存，英雄已被选择！面对饥饿？没有饥饿。面对死亡？没有死亡！孩儿，没有眼泪，只有歌声与求存。记着规条，高飞不停留。永远站立高山之巅，从这儿发源，英雄已被选定，豪迈、激情、强壮的体魄！浩荡、活力、音乐与歌声……”

Young Kuaka, overcome fear!

Sun and moon above: watch over them.

Stars in the sky: guide them on their way.

Earth and sky: smooth their path to adulthood.

Let song and a desire for life triumph over tears, hunger and death.

Children, remember to fly high and never pause!

Start your journey here and you will arrive at the mountain top.

O chosen heroes.

Take pride in your passion and strong bodies,

and fill your splendid journey with youthful energy and music.

黑暗中，尖尾滨鹬叔叔带着众孤雏排列成纵一字形飞离湖滩，向浩瀚的沙漠进发。

2.3

萨满的咒器鹰骨笛

山高坡陡，尽是大漠沙山旷野，一阵狂风袭来，驼铃声和刚留下的爬山脚印瞬间消失得无影无踪。风卷怒沙，挡住视线，任谁也看不清楚前路。

远处传来褐鹰的尖啸声，那正是飞往孟加拉湾岸壁颁发密令的褐鹰，他紧追在后，并已追至干旱的沙漠。

尖尾滨鹬叔叔叮嘱尖尾滨鹬阿姨，速带孤雏们飞往草原，自己留下阻挡掩护。

尖尾滨鹬叔叔：“如我不敌褐鹰，必自埋狂沙堆中，定不为褐鹰果腹。”

褐鹰与尖尾滨鹬叔叔正面交锋，沙丘追逐，沙尘扬起。

尖尾滨鹬叔叔：“即使你千里追杀，我也必保护幼鹬迁徙！”

褐鹰：“斑尾塍鹬必死！杀尽所有候鸟。”

强风刮起沙土尘埃，粗沙细沙通通吹上半空。沙海中，褐鹰与尖尾滨鹬叔叔唯有放弃追逐，各自逃命，高飞净空。

尖尾滨鹬阿姨领着孤雏们，伴着斑尾塍鹬姐姐，呈横一字形排开，各护两端。群鸟飞越连绵千里的山脉嵴谷，底下山峰起伏不绝，山路更见苍凉无比，背负重载货物的驴儿们，沿河谷爬上陡峭山壁。

流泪小驴“嘭”一声跪坐下来，对着前面的大岩壁，他知道自己无力攀上。小驴吓得呜呜哭叫。

主人一阵疯狂的棍棒，小驴痛苦地站起来。

老驴：“驴儿，走吧！”

小驴：“我好渴又饿……呜……呜……”

刚走不远，碎石滑落，小驴站不稳，摔下悬崖。

驴队悲鸣：“生命何时停？痛苦何时停？这样的日子何时停？生存一昼，痛一夜，用苦难、饥饿去换取生存昼夜，这样的日子何时停？苦痛是否只有生命终结时才终止，才停止？苦痛是否只有生命终结时才终止？”

When shall our lives of bitter hardship end?

When can we stop going through this endless torment?

When can we stop exchange our happiness for just existing?

Help to set us free from suffering and starvation!

Must life itself end for us to find some rest?

小斑尾塍鹬看见吓哭了：“奶奶，你在哪里？”

斑尾塍鹬姐姐唱：“别哭，小鹬，想奶奶了吧？”

小斑尾塍鹬抚摸着奶奶的绒毛：“奶奶的绒毛很滑溜，奶奶的绒毛很温暖。”

斑尾塍鹬姐姐唱：“跟着我，我做你姐姐，沿途呵护你，我的妹妹。”

小斑尾塍鹬哭泣：“奶奶一定是跟着我的，她说过这绒毛就是她，她在天上看着我，她不会远离我，她最疼爱我，我睁开眼看见的就是她的脸。”

斑尾塍鹬姐姐唱：“小鹬，奶奶不是说在温暖的星空等你吗？”

小斑尾塍鹬往星空寻找：“天上哪颗呢？南十字星团？”

斑尾塍鹬姐姐：“这一片天看不见，飞过了鹰岛的星空，就可能看见。”

小斑尾塍鹬默然对夜空许愿：“去找您，奶奶！小鹬很快会找到您。”

鸟群停在残垣断壁悬崖前，壁画经日晒雨淋，历尽风吹沙击，石壁上依稀可见以蚌壳和细骨粘贴堆砌的图，似是古星图。

尖尾滨鹬阿姨：“是《百鸟悲歌图》，群鹰世代追杀候鸟。百万年来，候鸟为寻巨树种子，死伤无数。画中有画，萨满和他的鹰骨笛，是唯一能够克制鹰的咒器。瞧！古星图下，画中有画，鹰岛烟雾弥漫，晴空少见，迷鸟骤增，更添亡灵。古星图为迷途幼鸟们指示迁移星图。看这流星暴雨夜，可能预示了什么。”

小斑尾塍鹬呆看星空：“我很怕啊。”

斑尾塍鹬姐姐：“小鹬别怕，我们天生是能飞的候鸟，飞得最快、最远，勇敢点不用怕，姐姐和妹妹在一起。”

小斑尾塍鹬怕得哭起来：“我很怕鹰啊！他杀了奶奶。”

尖尾滨鹬阿姨催促孤雏们继续起飞：“夜间飞行，记着星座的指示，趁天还没明亮，较安全，快飞吧。”

辽阔群山间，隐约听见隆隆声由谷底冒起，间有呼啸声穿透山脉。宽广的草原天色微亮，晨光初露，微风清凉。平坦开阔的青翠牧场，前方蒙古包烟囱排出轻烟。

小斑尾塍鹬："天亮了，飞了这么久，又一个夜完了，靠近鹰岛了吧？"

斑尾塍鹬姐姐闭眼唱："寂静地，沉默地，静待他。许久许久，快重遇了，快见了。渴望此刻，难忍分离，愿化作你翅翼，伴你飞翔，再不分开，永在一起。良夜星空，请听我诉心情，繁星下盼共谱甜醉爱歌，情话太多未诉尽……"歌声由低而高，快速滑落，随山峰远去。

Silently, ardently, mutely,
for ages uncounted.
I have awaited our reunion,
a reunion soon to be.
I yearn for that instant,
for separation is agony.
If only I were a wing,
accompanying you in flight.
Soaring in the starry sky,
never again to part.
Please listen to my serenade:
Sweetly inebriating.
Yet a whisper of love unexpressed.

蒙古包外，满脸胡须苍老的萨满，身穿神衣神帽，向苍天祈祷。

萨满：“鹰岛附近太凶险，雾霞浓密，容易迷路，迷鸟一旦滞留，群鹰凶残，从来杀尽候鸟，囚尽亡灵，使者九死一生。使命艰巨，牺牲无数。”

尖尾滨鹬叔叔：“决意去鹰岛，更要去石林营救质子斑尾塍鹬哥哥，特求萨满祝福。”

萨满叮嘱尖尾滨鹬叔叔两件事：

一、先飞往神鹰山，向天池妖男求赠鹅卵石。鹅卵石的磁力令佩戴者开眼，双眼立见亡灵。

二、再去石林找鸽王借灵水，为囚灵引路。

听到萨满提起石林，尖尾滨鹬叔叔面有难色：“懦弱鸽王受鸽后把持，不容易借出灵水……”

萨满直摇头：“放心！你进去包内，看看谁在？这次石林鸽王不但会借出灵水，还会释放斑尾塍鹬哥哥。”

群鸟飞进包内，见是鸽太子，非常吃惊。

尖尾滨鹬叔叔对阿姨说：“这次营救斑尾塍鹬哥哥有望。”

斑尾塍鹬姐姐大喜：“带你去找鸽王、鸽后。”

鸽太子脸露惊恐，小斑尾塍鹬见太子可怜：“不用怕，我亦去找奶奶，同路，我们结伴同行。”

供台上，萨满拿起鹰骨笛吹奏，笛声如风吹铜铃般清脆，悠扬高远，空灵飘逸。追至草原大漠的褐鹰，在山脉丘陵河谷处，听见这如泣似诉的笛曲回音荡漾，山鸣谷应，他难忍伤痛，悲愤地掉头离去，继续飞往孟加拉湾岸壁。

萨满奏毕，说："这笛曲叫《束缚的灵魂》，记着这音律，于林间吹奏，再听鸟啼鸣叫，一旦有同曲回应，则是使者所处、囚谷所在，这是暗号互通的通灵笛曲。"

萨满将笛子交给斑尾塍鹬姐姐，"这鹰骨笛用幼鹰骨所制，是代代相传的咒器，能克制成年鹰。"

萨满："年轻的，你试吹一下这通灵笛曲。"

斑尾塍鹬姐姐试吹起笛曲。她风中纤瘦的身子，令萨满回忆起前生的女儿，父女俩马背上策骑，驰骋于广阔草原。同样是清朗的夜晚，年轻的萨满用马头琴为稚女伴奏，马头琴声最能唤醒鹰骨笛曲。

尖尾滨鹬叔叔有感此行，危机重重，恐今后不能再回这辈子多番往返的熟悉地，不由得感慨万分，难掩留恋之情。他引吭告别山河，曲调高亢，嘹亮悠扬。

阿姨咏唱安慰叔叔，山川、河谷有知，会明晓："听！这山谷、河流是动了心，是动了情。听！听！回音作答，是回音作答！山川、河谷正回音作答！哎呀呀咿，即使山河无情，世间鸟也有情。"

萨满在草原河边，用舞蹈为鹰岛囚鸟们作法祈福，向高空为潜伏鹰岛的女儿传话咏唱："女儿你宿命绑于使命，是你命中注定。爱如是成全，那就放开，父为你祈福，父为你高歌，祝愿囚鸟自由。束缚的灵，追寻光吧！河流是光，草原是光，云彩是光，天空是光，星河更是光。”

Daughter, this mission is your destiny.

In love's name.

It was my choice to let you go.

I bless you.

I chant for you.

Liberate the birds,

body and soul!

May they be free,

to seek the light of life,

among the grasslands and rivers below,

amidst the clouds and stars above.

小斑尾塍鹬在旁听懂了提示：“星河中就有奶奶在，奶奶就是最亮的那颗星，那星光就是她。”

蒙古包外的萨满，低沉嗓音呼唤百鸟，召请神灵襄助。鸟群飞聚萨满跟前，随着他干涩的呼音盘旋，仿如沐浴于圣洁福音中。萨满已驾临神界，请求懂得呼风唤雨的湖妖作法襄助。

湖妖立于湖泊中央，夜晴星朗，这最靠近北极的上空，银河众星下，她手指向夜空七颗闪烁的星星。湖妖脑海里不断重复出现巨鸟施压、族群被火烧灭绝、百万年间群鹰追杀海鸟的画面，崖壁上的《百鸟悲歌图》就是她让候鸟用喙血逐笔所绘，让后代万世莫忘仇恨。她是史前被灭族和诅咒的巨鸟的玩伴，被直立人烈火活活烧死的迪树精的投胎转世。

湖妖率领短草精灵、树精们向森林尽头天外天施法，天色骤变。“是时候了！是清算的时候了，群鹰追杀海鸟作恶百万年，该清算了……风……集风……云……集云……有仇必报，有恨必征讨。”

2.4

天池妖男赠鹅卵石

天更亮了，山峰淹没在乳白晨雾中。鸽太子迷茫地跟着尖尾滨鹬鸟群飞。山顶苍翠，森林茂密。敏感的尖尾滨鹬阿姨叮嘱斑尾塍鹬姐姐取出鹰骨笛吹奏《束缚的灵魂》，果然，动人的笛声，瞬间得到林间另一笛音回应，众鸟趋笛音寻找，一只梅花鹿精灵现身引领带路。

天池畔，朝鲜族打扮的妖男正吹奏大笒回应，妖男吹奏的同样是慰藉亡灵的《束缚的灵魂》。

妖男脑海中，浮现年轻斑尾塍鹬女子曾路经天池前来辞行的昔日景象。妖男替斑尾塍鹬戴上鹅卵石额头绳，目送她纤瘦的鸟影飞远离去。

这位来告别的年轻女子正是他前世的女儿。这妖男的前世是萨满的妻子。那女子唱道：“母亲，女儿本不想远飞，只

是孤身去一回，执意去做这事，如我不被灭杀，定释放囚鸟亡灵。终会拿下，我有信心，定做成。就牺牲我这最后一只，最后一只。即使我残缺、身毁鸟亡，亦不憾！是我的路，是我选的路，已决定好，风雨为我做伴，星光为我燃亮，月儿明白，是我选的路。”天池妖男流下锥心的绿眼泪。

天池妖男对尖尾滨鹬阿姨说：“女儿前生被鹰所杀，今生化为候鸟，执意去鹰岛释放囚鸟亡灵。我前生是萨满的妻子。”

斑尾塍鹬姐姐立即向天池妖男表明，鸟群正前去鹰岛释放囚鸟、亡灵，求天池妖男赐鹅卵石。天池妖男听毕，飞身潜入彩池。池水碧绿澄澈，浅黄的石晶花满布池底，粉嫩洁白；潭池下沉淀数亿年的鹅卵石，晶莹剔透，卵石轻浮于池水中。天池妖男于水中取鹅卵石一枚，替斑尾塍鹬姐姐系在额前。妖男双目柔弱无力，面对如女儿般的新一批死士：“女儿别离时，亦如你一般年轻美丽。”

鹅卵石磁力顿生，斑尾塍鹬姐姐双眼顿见绚丽彩霞，天池边，众杂草精灵轻歌曼舞，跳跃生辉。

鸟群感谢天池妖男，继续飞越纵横交错的群山峰峦，脚下山高谷深，危崖层层叠叠。

斑尾塍鹬姐姐：“我已能见精灵，下一个挑战，是拿到石林鸽王的灵水，引领鹰岛亡灵逃离囚谷。”

尖尾滨鹬阿姨：“鸽们处处威迫，定要格外小心。”

尖尾滨鹬叔叔：“我会的。”

尖尾滨鹬阿姨将数只初鸟留在身边：“他们是第一次远

飞，留在我身边，让我照顾他们。”

尖尾滨鹬叔叔：“亦照顾好你自己。”

尖尾滨鹬阿姨：“放心，我将远离沿岸。”

小斑尾塍鹬紧跟着斑尾塍鹬姐姐身后：“与姐姐在一起。”

斑尾塍鹬姐姐：“小鹬跟着我吧，让我照应她。”

尖尾滨鹬阿姨：“已为死亡做好准备。”

尖尾滨鹬叔叔：“愿温暖土地再遇。”

尖尾滨鹬叔叔和阿姨互道珍重别离。

石林群峰，鸽后挺直身躯，立于石柱顶，高贵的灰黄华服，一双炯炯有神的伶俐大眼睛，极目遥望云海尽头。数只灰鸽、白鸽、褐黄鸽卫士飞降，他们嘴短，脚亦短，身形颇壮健。

江边这群不速来客，引起鸽后注意。

“将他们押上来。”鸽后挥翼号令，鸽卫士飞身下崖捉拿众鸟。

尖尾滨鹬叔叔：“你等赶快躲起来，别让他们发现，我去引开士兵，晋见鸽王。鸽太子是我们的唯一筹码，听我指令方能现身，否则千万别出来，一旦被鸽后缉拿，后果不堪设想。”叔叔语毕，舍下斑尾塍鹬姐姐等。

斑尾塍鹬姐姐马上领着小鹬和鸽太子飞进石林躲藏。

尖尾滨鹬叔叔迎上鸽士兵飞入狭窄石林，鸽士兵紧追不舍。山石布满青苔，水声叮咚，顺山势流转，汇流成轰鸣的瀑布，尖尾滨鹬叔叔已置身百级瀑布底层，水雾漫天。

溪边岩石，树干苔藓缠绕，又在乱石堆茂密丛生，当中隐约见到藤蔓破桥，桥底有只老迈鸽子。

尖尾滨鹬叔叔：“请门士通传，晋见鸽王。”

无精打采的老迈门郎答：“已没有鸽王。”

尖尾滨鹬叔叔心急，欲擒老头问个究竟。

老迈门郎：“由鸽后掌权。”

尖尾滨鹬叔叔：“已变天？”

老迈门郎唱：“怜悯这老头，可怜我吧。”

凉风嗖嗖，尖尾滨鹬叔叔看真切了，这门郎就是昔日鸽王。

尖尾滨鹬叔叔：“为何求怜悯？当初早能预知今天。”

老鸽王：“求你宽恕她，她早年受苦遇难，伤痕太深才有今日之性情，原谅她吧。”

尖尾滨鹬叔叔：“愚爱纵妖，你的爱纵容她成魔，你的爱纵容她成妖，助她成妖，容她做尽凶残事，容她残害同类，如今她连你亦不放过。”

老鸽王哀唱：“可怜一个老头，宽恕我，亦宽恕她吧！请求你可怜、怜悯一只老鸟。”

尖尾滨鹬叔叔：“任鸽后肆意欺凌、坏事做尽。”

老鸽王向尖尾滨鹬叔叔跪下：“我能如何？一生的唯一，劝过她千次万次，我是个无用的王。原谅我，宽恕她吧。”

尖尾滨鹬叔叔指责：“鸽王，一早除掉她，你不会沦落至今日的下场，愚爱有罪。”

老鸽王整个身子趴地求饶："我有罪，对不起鸽们。可怜我吧，可怜一只老鸟，宽恕我！宽恕她吧！"

尖尾滨鹬叔叔指责："你成全了妖，又造了孽。"

老鸽王："最卑微的是爱啊！"

尖尾滨鹬叔叔抛下愚爱终身、顽固不化的老鸽王，飞身进入桥底溶洞。

洞穴内石芽密布如林，妖风阵阵，壁渗泉水。尖尾滨鹬叔叔飞越由宽变窄的幽深长廊，最窄之处仅容他鸟身穿插而过。

溶洞中石笋、石柱堆积于池水中。从洞顶垂下的钟乳石，或从地面生长出的石笋，高如大树；钟乳石连接石笋，溶洞内大小洞庭相连，石珊瑚或吊或翘。远处洞厅传来刺耳鸣叫，是降临洞庭的鸽后。

尖尾滨鹬叔叔质问鸽后："你已夺权？"

鸽后："我已戴冠为王，去年别后，这里已变天。你一定诧异，何须诧异？有能者居上。想要的，得到它；见到的，是我的。斗与夺，何等乐趣无穷的游戏！斗，刺激；夺，兴奋无比；争，进步。散！散！散！愈远愈好！尽快分散！看！我已为王，为王称霸，族已称霸。"

鸽后飞到洞窗，满脸喜悦，兴奋无比："无能昏君，阻我帝业，我恩泽留他残命。早应为王，这是我的天下，无处不在，我族无处不在。"

尖尾滨鹬叔叔："天下太大，你占不完，夺不尽，老鸽王被蒙蔽眼睛，纵容你，纵你做尽坏事，得尽一切。"

鸽后："大不敬！大不敬！"

鸽群士兵齐欲擒拿尖尾滨鹬叔叔，鸽后示意且慢："你出言不敬，是不想我放斑尾塍鹬哥哥吧？"

尖尾滨鹬叔叔："我来这里是接他走。"

鸽后："我凭什么要放走俘虏？"

尖尾滨鹬叔叔："因为承诺，上次你要挟我带鸽使者迁飞温暖地。"

鸽后："哈哈，我没打算遵守承诺。"

尖尾滨鹬叔叔："早知你性，我亦收留了一只……"

鸽后诧异。

尖尾滨鹬叔叔："我还要多一样东西。"

鸽后："你！！"

尖尾滨鹬叔叔："灵水。"

鸽后："你用来做什么？"

尖尾滨鹬叔叔："女王陛下不必多问。"

尖尾滨鹬叔叔飞往崖洞前，倚靠悬崖边，从崖顶往下望，请鸽后往江岸看。

鸽后："凭什么讲条件？"

尖尾滨鹬叔叔向石林大声鸣叫，片刻即见斑尾塍鹬姐姐领着众鸟围着鸽太子从石柱群中飞出江滩。鸽后定睛往江滩下看，大喜，即飞上高台取下樽液，挥翼收入怀中。

鸽后："还等什么？从我手里抢啊。"

鸽后率先直坠石林。尖尾滨鹬叔叔紧追，闯入溶洞地下水道，鸽后急转入支流，出口是瀑布口。鸽后飞出洞口，一个大摆动转身，水花四溅，速降千米下浅滩。

浅滩上，鸽后轻抚鸽太子脸：“为何痴呆？”

尖尾滨鹬叔叔答：“被人捉，可能惊慌过度，幸被萨满在雀鸟市场买下。”

鸽后仰天长嚎，威力震动石林，鸽众惊恐万分，百只鸽子惊慌逃散。

小斑尾塍鹬对鸽太子说：“她是你妈妈？太好了！你找到妈妈了。”

斑尾塍鹬哥哥被鸽众带上，颈上套着金属牌，又是一只被追踪的海鸟。

鸽后眼珠狡猾转动：“感激萨满有恩于我，救我爱儿，现将俘虏交还你。”

鸽后将灵水瓶抛向尖尾滨鹬叔叔，尖尾滨鹬叔叔接住。

鸽后：“鹰岛囚禁千只囚鸟、万只囚灵，灵水虽能让亡灵跟随，但你等愚民，不足成事。天下废物太多，对霸权争夺事，我最精明，早知鹦鹉玩世，鸽族不会相让，早已部署……”

尖尾滨鹬叔叔：“你我不同道，撤！”

斑尾塍鹬姐姐护着斑尾塍鹬哥哥，随尖尾滨鹬叔叔飞离江边。

鸽后毫不退让：“送上灵水只为答谢救儿之恩，今后不会退让。”

天文鸽被传召向鸽后预告天气，天文鸽战战兢兢唱咏：

“女王！昨午云层少，落日艳红，夜晚露重；今晨日出清凉，雾气消散，云向高飞，见蓝天……”

鸽后振翅高飞，示意说够了。

天文鸽赶紧结语：“宜出游。”

鸽后立于石林之巅：“鸽们向来沿陆地迁移，今日特派众使者出征，尾随海鸟向海出征。迁移！迁移！征讨新土地、新路径，向海出发，我鸽子们翅翼所覆，皆是我女王领地。”

鸽众：“奉女王口谕，吉时到！众鸽使者出征。”

鸽使者齐声：“女王英明！女王英明！”

鸽后：“顽石虽不语，应知鸽族夙愿，不亚于海鸟般飞越万里海域。”

几只鸽使者飞离江边，紧紧尾随鹬群向远海出征。

悬崖岩洞峭壁，红日腾升，朝阳晨曦，照耀万岭千山，林木映秀。

第三章

冈瓦纳密令

A Corrupted Command Sets the Mission in Motion

3.1
褐鹰“提前”颁密令

候鸟群飞越农耕地、梯田、鱼塘、荒地、沼泽，来到黄海附近的山区密林，枫叶小径两边树顶交接，苍峦间寒意彻骨清凉。微风吹过，橙红落叶如细雨洒下。

尖尾滨鹬叔叔教导小斑尾塍鹬：“滩涂觅食，要安全得多。”

小斑尾塍鹬唱：“赶紧！吃！吃饱！”

斑尾塍鹬姐姐重遇斑尾塍鹬哥哥，不禁喜上眉梢，翩翩起舞唱：“沐浴凉风，看！云在笑，树叶轻摇，一切美好，美妙爱情，愉快地相爱，喜悦，如神奇暖流，有爱同行，爱情真妙，奇妙因你而起。”

斑尾塍鹬哥哥看花海丛林，红叶尽染遍野。兴致起，拿起鹰骨笛，吹起萨满的通灵笛曲《束缚的灵魂》，笛声在林中荡漾。斑尾塍鹬姐姐继续舞蹈唱：“爱是心怀期望，很想接近他，更想他靠近我。”

小斑尾塍鹬说："我好像见到了爱情。"

身旁众鸽使者答："我们亦见到了爱情。"

飞机航道下，传来低沉的号角声。远洋货船载满货柜，在海中航行，货船旁大批红嘴鸥流连，候鸟们正沿迁飞路线，飞往温暖的南半球过冬。货轮上，尾随候鸟向海洋挑战的众鸽使者，睁开眼睛，看见宽广的大海。

红嘴鸥："喂！鸽子，你想玩吗？"

哥鸽子："好，玩什么啊？但我不想飞远。"

红嘴鸥："可以，我们就飞去那岛。"

弟鸽子："我肚子饿。"

红嘴鸥："不如飞去附近岛屿，捉小鱼吃。"

习惯谷食的弟鸽子欣然答应去试试海鸟的食物。他们飞离甲板，向着零星小岛飞近。岸边布满礁石，石间很多小鱼游弋，勇敢的弟鸽子学着海鸥，捕杀小虾和鱼，却不成功。

红嘴鸥首领唱："你们怎能飞越海洋？不自量力！不自量力。"

鸽子们合唱："能做到，与你们结伴齐飞。"

红嘴鸥首领唱："飞越海洋，不是件易事。"

哥鸽子唱："我们能做到！"

红嘴鸥首领唱："你们会死掉。"

哥鸽子唱："新的土地。"

弟鸽子唱："新的食物。"

鸽子们合唱：“我们能做到。”

众红嘴鸥唱：“长途飞行，饥饿、疲劳，你们会死掉！”

红嘴鸥唱：“饥饿怎么办？”

哥鸽子唱：“岛上有果子。”

红嘴鸥唱：“可不一定有岛。”

红嘴鸥唱：“疲劳怎么办？”

哥鸽子唱：“与你们一样，船上休息。”

红嘴鸥首领唱：“不自量力，可能没有船，你们会死掉。”

众鸽子合唱：“能教教我们吗？”

红嘴鸥唱：“会害死你们。”

哥鸽子唱：“不！我们想去。”

红嘴鸥唱：“你们会很快死掉。”

终于有只红嘴鸥唱：“教你！在轮船上空盘旋，让上升气流托住身子，减少能量，能翱翔天际。”

又有一只红嘴鸥回应唱：“看！我试飞给你看。”他示范在轮船上空盘旋，让气流托住身躯。

弟鸽子唱：“真不用拍翅。”

红嘴鸥唱：“快！都来试试，让气流托住自己。”

哥鸽子：“好。”

鸽子们试着飞翔，又跌又滑。

有红嘴鸥唱：“鸽子不能迁徙，快死了！鸽子不易迁徙，必死！”

弟鸽子唱："会试，想试。"

其他红嘴鸥唱："即使去到，亦回不来。"

哥鸽子唱："能去，就能回。"

红嘴鸥唱："不自量力，必死无疑。不自量力，必死无疑。"

鸽子们重复在轮船上空练习盘旋，试了好久，终于掌握了要领。果然非常省力。鸽子们对飞抵远方海岸充满信心，更添壮志。

突然，一阵强风气流掠过，弟鸽子被直卷上高空。他尝试展翅，还是被气流冲上云层，很快便两眼紧闭，昏迷过去，从高空直坠入海浪中。其余鸽子见到，都吓得不得了。

红嘴鸥唱："已告诉你，已警告你，年轻的鸟，你会死得很快。"

有鸽子怕极，躲进船舱："留在船上，直至见到沿海彼岸。"

繁星点点，皓月当空，清凉夜，闪闪星光伴着弯月，尖尾滨鹬叔叔带斑尾塍鹬们高空飞翔，星光下鸟眼"看"到磁场光谱，是海岛地标地磁图。

礁石上，海草精灵对黑夜星辉引吭："星星、明月，漫长岁月，英雄早已出现，早已被选定。长久的渴望，将成真来临。"

尖尾滨鹬叔叔唱："长久的渴望，多少海鸟死于途中，亡灵被困，伤鸟被囚，尽管鹰岛凶险，定找出囚谷所在，长久渴望，释放囚鸟亡灵。”

斑尾塍鹬哥哥：“叔叔，此次有鹅卵石襄助，灵水领路，定能找到囚谷，亡灵和囚鸟释放有望。”

尖尾滨鹬叔叔：“但愿如此。”

月色下，一个又一个岛屿，在鸟眼下掠过。

褐鹰由尼泊尔山区南下，黑夜里飞越雪山、湖泊、山丘、森林，时而振翅，时而滑翔，时而低空掠过，穿过长空万里，终见朝阳日晕，浅白透明，鱼鳞云光滑平顺，覆盖整片天。

褐鹰降落印度孟加拉湾海岸的岩礁悬崖，立于令台。他闭目苦思良久，内心挣扎，明知这故意提早的密令一出，群鹰难免死伤无数，但跛脚鹦鹉言之有理，这是最好的时机。

他猛然睁开双眼，见海湾上空，风云骤变，乌云翻腾。既然转世湖妖作法的风暴将至，他抛开了顾虑，果断传话：“智者密令，巨树种子将上岸，迁徙海鸟立即、立即、立即向南飞！”

骤然间密令颁出，孟加拉湾、中国南海和黄海各海岸沿线崖壁令台，大群海鸟纷纷起飞南下，找寻传说中漂移百万年，即将上岸的巨树种子。那空中壮观的一字排开的鸟队中，包括黄海海岸上的尖尾滨鹬叔叔、斑尾塍鹬哥哥、斑尾塍鹬姐姐、小斑尾塍鹬和尾随试迁的鸽子使者们。

3.2

小鹬精灵转生

韩国第二大城市釜山的市中心区，妈妈、加宝和阿尼塔阿姨走下前来接载的宾利房车，进入一间五星级酒店。

男经理在大堂等候多时，引领三人进电梯，上去行政楼层。阿尼塔阿姨紧紧尾随，拖着行李跟在后面。妈妈不停看手表，似乎很是焦急。

一进豪华套房里，阿尼塔阿姨将行李打开。

妈妈："阿尼塔，我要尽快换衣服，帮我熨平那条蓝绿裙子，五分钟内我们必须离开房间。"

妈妈打开电视选频道："加宝，妈妈已调好频道，你们午餐回来可以看卡通片。"她拿起化妆袋冲进洗手间，忙着补妆，粉底、眉笔、眼线笔、唇膏、唇彩，补上几笔指甲油。

加宝站在阳台上，见海滩上有小孩子们逐浪奔跑，她心痒想去玩。

加宝："我可以去外面玩吗？"

妈妈："不行！或许今天傍晚可以，我正赶去开会。"妈妈走出洗手间，套上刚熨好的高档长裙。

妈妈对阿尼塔阿姨说："把礼物拿过来给我。"

阿尼塔阿姨熟练地替妈妈用电夹夹直长至肩膀的头发。

加宝坐在床上看妈妈："妈妈，你穿这条裙子很漂亮。"

妈妈："走吧！我先带你们去餐厅。"

妈妈催促她俩出门，乘电梯到顶楼餐厅，选了张靠近玻璃幕墙的餐桌。

妈妈："加宝，你们吃自助餐吧，好像很丰富。"没等回答，妈妈替她俩叫了两位自助餐。

妈妈："小姐，账单先让我签吧，放进房间账单，快一点，我赶时间。"

妈妈："加宝，我们今晚住在这里，你和阿姨慢慢吃，我出去开会，会很快回来，两个小时，你可以乖点吗？"

加宝："可以试一下。"

妈妈："吃完自助餐，如果我还在外面，房卡在这儿，回房间去看卡通片，除非地震或海啸，否则别离开房间。"

加宝："如果老虎来了呢？"

妈妈："让阿姨关好门。"

阿尼塔阿姨："会的。"

妈妈："阿尼塔，打我手机吧。"

阿尼塔阿姨致电妈妈手机，电话响了。

妈妈："加宝，妈妈和阿姨的电话都有漫游服务，万一阿姨晕倒在地，去找酒店员工，那些穿制服的。"

加宝："妈妈，今天可以买玩具吗？"

妈妈："可以，我开完会后，我们下午去购物中心买玩具，这是必做清单，高兴了吗？"

加宝："好吧！你可以走啦，我想快点去买玩具。妈，你是想走开两个钟头是吗？如果你回来晚了，晚一个钟头，要多买一个玩具可以吗？”

妈妈：“是惩罚吗？”

加宝：“一点点，是提醒你遵守诺言。”

妈妈：“看来小脑袋在动呢，想到好方法去争取你想要的。”妈妈亲吻加宝。“亲爱的，有人在楼下等我，我要走了，会很快回来，你可以想想要什么玩具。”她离开顶楼餐厅。

妈妈步出酒店大堂，正午刺眼火热的阳光直射头顶，她心里暗自祷告：“希望保佑我一会儿顺利，真想快点结束工作。”

妈妈被接上宾利房车。

车内，她尚未坐稳，立马心急地问金姓韩国律师，对方有没有提出任何异议或新问题。金律师回复她没有。

妈妈：“条件仍是上星期五的版本？”

金律师：“是的。”

妈妈：“那很好。”终于松了一口气。

汽车驶过国际会议中心和集装箱码头，向着海滨驶去，驶进游艇停泊区。游艇上，几位男士坐在对面，有位穿西服的男士殷勤地问：“高莎，要喝点什么吗？”

妈妈：“要一杯香槟吧。”

代理：“好，崔先生，你要一杯香槟吧？”

男士：“好的。”崔先生是位中年男士。

妈妈：“小小见面礼，请笑纳。”

崔先生笑笑，把礼物推向桌的另一边：“高莎，怎么这么客气？”

妈妈：“相识是缘分。”

律师把档案放桌上，妈妈和男士开始翻阅合同。

妈妈：“我们这哈萨克斯坦天然气项目谈了多久？”

男士：“超过两年。”

妈妈：“这么久？跟您做买卖很辛苦。”

男士：“因为我在和一位硬朗的女士谈。”

妈妈：“真的吗？”

男士签署了合同，然后推给妈妈签。

男士：“你或许要跟媒体讲几句。”

妈妈：“不！我不会去做任何公告。”

男士：“低调是好。”

妈妈：“他们不会听到想听的新闻。”

男士：“但我们需要做公告。”

妈妈：“那就别透露我们的名字。”

男士：“这……”

妈妈：“就说已卖了。”

那位男士手机响了。

妈妈识趣地站起来：“金律师，可以介绍一下这里的海岸线吗？”

金律师：“当然可以，请！”

他们走上甲板，妈妈朝着海岸线问：“哪里有卖玩具的购物中心？”

金律师回答她："你看，你下榻的酒店左边约六公里，有个全世界最大的购物中心，甚至在吉尼斯纪录中也记载了。那里什么玩具都有，选择很多。"

男士："今天是你的幸运日，有个西伯利亚人刚飞抵釜山，很有诚意，但我说已卖了，他问我卖给了谁，我答不能说，但可以联络一位叫高莎的中国女士，她或许能帮你。"

妈妈笑了："看来我很快会偶遇这位西伯利亚男士呢？"

男士："很荣幸能和你做买卖。"

妈妈笑了，碰了碰他的香槟酒杯。

他递给她一支雪茄。

男士："你比男人更男人，比女人更女人。"

妈妈接过雪茄："这真难抗拒。"

黄海岸边，天气晴朗，海鸟们成群结队，高速穿梭飞越商厦，鸟眼里看见的，是玻璃幕墙里的另一片蔚蓝天空。

酒店餐厅玻璃墙内，加宝在自助餐甜品区，取巧克力喷泉火锅，捧着碟子回餐桌。

小斑尾塍鹬冲向食物，斑尾塍鹬哥哥大惊，用翅膀挡着冲前的小斑尾塍鹬，但已太迟。"啪"一声，两只海鸟撞上玻璃幕墙，小斑尾塍鹬从六十几楼直坠草地花园帐幕顶。

加宝眼见这窗外突然而来的撞击，整个人吓傻了，手里捧的碟子打翻在地。酒店经理连忙叫人清洁地面，侍应小姐赶紧将她领回座位，又递纸巾，又叫人拿小杯装雪糕来，安慰吓坏了的加宝。

男侍应："又一只鸟撞死了。"

经理："快通知楼下园丁清理鸟尸，花园帐篷今日有婚礼举行。"

园丁正用竹竿清除燕巢，刚才撞击坠下的声响，惊醒了浅睡的小燕们，脚趾抓不牢墙壁，摔下草地。

杂草精灵跳了出来，对摔倒在草地上的小斑尾塍鹬唱："陷阱！是给我们的陷阱！为什么接近人？太愚钝了，他们雄霸了，你不知道吗？无知啊！为什么接近他们，多么危险，你死了，是因为接近他们！接近人！愚钝无知！小鸟，千万要知道戒律，千万要知道戒律。别接近人！别接近人！"

尖尾滨鹬叔叔、斑尾塍鹬哥哥、斑尾塍鹬姐姐甚至鸽使者，围着死去的小斑尾塍鹬。多只小燕，眼见燕巢被毁，执着地在附近徘徊，不愿离去。小斑尾塍鹬无法睁开沉重的双眼，感觉全身无力。

小斑尾塍鹬精灵："什么事？发生什么事？痛楚、疲累、空洞、绝望、恐惧，告诉我发生什么事？"

尖尾滨鹬叔叔靠近，小斑尾塍鹬精灵闻到他腰间的奇香灵水，顿觉痛楚大消，双眼略为有力了。

尖尾滨鹬叔叔："来吧，小精灵！别怕！跟着我！跟着我们，如果你不知道去哪儿。直到你知道去哪儿。"

小斑尾塍鹬精灵飞起来，看见自己的身躯躺在草地上："去哪？为什么？会是什么？"

斑尾塍鹬姐姐哭了：“她这么小。”

斑尾塍鹬哥哥：“小鹬精灵，跟着我们。”

小斑尾塍鹬精灵：“跟着你们去温暖地，奶奶在那儿的天空等我。她在等我，我要去找她，要找到她。”

斑尾塍鹬姐姐哭泣：“请让我好好照顾你。”

斑尾塍鹬哥哥翅膀重创，痛楚难当，感觉难以继续长途飞行。他向尖尾滨鹬叔叔请缨，让他独自前去鹰岛潜伏养伤，同时寻找囚谷所在，释放囚鸟、囚灵。他请求尖尾滨鹬叔叔带领其他鸟，速飞往温暖之地。

尖尾滨鹬叔叔思量片刻说：“巨树种子将至，必须寻找上岸下落，这是万世候鸟与生俱来的使命。但鹰岛路险，寻找囚谷所在，释放囚鸟囚灵，更是九死一生的使命……我们先护送你上鹰岛，掩藏下来，再往南飞。”

3.3

收购战场的结束

香港国际机场。

妈妈面露愁容，走进洗手间，脱下高级行政套装，换过便服和平底鞋后，她将尖头高跟鞋扔进垃圾桶。

从化妆袋里取出小瓶的植物精油，抹在胸颈处，便闻到山野草木的清香。她戴上耳机，小提琴乐曲如丝般的软滑，唯有这细致柔丝般的乐曲，方能舒缓她脑里挥之不去的混乱。

离境大堂天幕玻璃下，航空公司商务贵宾柜台，十米外的位置，站着一位年约三十，身穿紧身西服套装的男士。那男士如讲评球赛般滔滔不绝，妈妈严肃地听着，但她的眼神却往二楼餐厅方向寻找加宝她们，她终于看到加宝了。

二楼餐厅，加宝身穿粉红套装。姑婆则穿戴得很优雅，真丝的上衣，配上紧身牛仔裤、钻戒、耳环、珍珠项链，名牌皮包上缠着条艳丽丝巾。餐桌上放着几道菜，姑婆说："米饭很容易养肥人，我们三人分一碗吧，加宝，给你一勺米饭。"

加宝惊讶地嘟嘴，心想："才一勺？"

姑婆见这侄孙女胖嘟嘟的惊讶表情："太多吗？那一半好啦！"

她从加宝碗里，舀出那勺米饭的一半分量。

加宝露出失望的表情，没敢说什么，三人分了那一小碗米饭。

姑婆："加宝，去了新西兰要继续学素描和乐器。"

加宝："我想学跳舞。"

姑婆："跳舞很好，我年轻时玩体操，或许你可以学拉丁舞。"

加宝："我不想学拉丁舞，我想学芭蕾舞和天使玩的乐器。"

姑婆："那是竖琴。"

天幕玻璃下，妈妈打断那男士，反问他："您的决心有多大？"

男士：“一定要保住控股权，三代基业，百年老店，不能毁在我手中。”

妈妈：“那就无所不用其极，迫使对手放弃收购。”

男士：“怎样做？”

妈妈：“将集团内专利技术转走，如脱下全身珠宝。回购期权，耗尽手上现金。向银行大举借债，增加负债率。鼓励诉讼，特别是老臣子针对公司，干扰商誉。无论怎么看，集团数年内暗无天日，毫无前景，财困让收购者即使成功收购，亦会立即受拖累，令他残废，但你亦如吞吃毒药。”

男士的表情如获至宝，深深点头。

离境大堂，阿尼塔阿姨将行李车推到商务贵宾台前。妈妈见加宝跟姑婆到了，即与对方握手道别。

妈妈：“对方有进一步行动，通知我，保持联系。”

男士一再道谢，转身离去。

妈妈：“加宝，跟姑婆和阿尼塔阿姨说再见，去抱抱，我们要进去了。”

妈妈对阿尼塔阿姨说：“阿尼塔，你帮了我六年，我想也算是愉快收场了。回去与家人在一起，结婚生子，尽可能不要再离开他们。你把我和加宝照顾得很好，我非常感谢你。如果你将来有什么困难，打电话给我。”

阿尼塔阿姨：“会的，太太，我很感谢您，加宝你现在是大女孩啦，照顾好自己和妈妈。”三人眼泛泪光。

姑婆：“那人是谁？”

妈妈：“客户的朋友，家族生意被恶意收购，赶来机场咨询可以怎样做。”

姑婆：“可怜啊，你怎样帮助他？”

妈妈：“我教他把生意搞砸。”

姑婆：“不是吧？搞砸自己家生意？”

妈妈白了她一眼：“你选择被冲过来的疯狗咬掉一块肉，还是咬断骨头？”

姑婆：“别讲了，太恐怖。”

柜台小姐办理行李寄舱：“女士，小朋友要吃儿童餐吗？”

妈妈：“你要儿童餐吗？”

加宝：“不要。”

妈妈：“那她要大人餐好了。”

加宝：“但可不可以还要玩具啊？”六岁的加宝，非常在意飞机上免费派发的玩具。

柜台小姐：“当然可以。”

妈妈：“为什么不要儿童餐？你不喜欢儿童餐吗？”

加宝：“因为太少了。”

妈妈：“你想要多些食物？”

加宝：“那当然！食物是我的最爱。”

妈妈：“明白。”

柜台小姐：“女士，这是贵宾厅的邀请卡，在B26闸口。”

妈妈对阿尼塔阿姨说：“是时间进去了，阿尼塔，我们下次在菲律宾见。”

四人拥抱，挥手道别。

妈妈：“来，乖女，走吧！”两母女走进了海关闸口。

妈妈拖着紫红行李箱，加宝紧跟身边，拖着粉红迷彩行李箱。过了海关后，两人快步地走进免税商店，经过香水、酒品、化妆品摆设柜台，妈妈快速地买了盒古巴雪茄。

匆匆走进书店，来到杂志架前，妈妈问加宝：“妈咪买一本，你也买一本，公平吗？”

加宝：“好。”

妈妈：“那你快选吧！”她帮加宝选了本年轻人杂志。

妈妈：“这本好！有孟汉娜的内容。”

加宝：“我说了很多次，她的名字叫梦莉·西拉。”

妈妈自己选了本介绍新西兰的旅游书。

妈妈：“我还没吃东西，贵宾厅在B26闸口，你可以帮忙找吗？”

加宝：“可以。”

妈妈：“但只有十分钟的时间。啊！你已吃过了。”

加宝：“妈妈，还可以再吃。够时间！我只吃三文鱼寿司。”

加宝和妈妈上了自动人行道，过了一个又一个的登机闸口。来到贵宾厅柜台前，妈妈出示她那张贵宾厅邀请卡。

柜台小姐：“女士，请进。”

身后的加宝担心：“妈妈，我没有卡？”

妈妈：“跟着妈妈就可以了。”

加宝：“啊，真的？”

手机响了，妈妈用眼神示意加宝赶快去取食物，加宝立即会意，赶紧跑向寿司桌取寿司。妈妈选了靠近餐酒柜的位置，她走到身后的餐酒柜前，选了支霞多丽倒进玻璃酒杯。妈妈在沙发上坐下，电话那边一直滔滔不绝。

她喝进最后一口霞多丽。

妈妈：“我要上机了，先去做份尽职调查报告再谈吧。”挂了电话，起身离座，妈妈立马戴上耳机，她急需小提琴乐曲舒缓扭曲的情绪。

加宝连忙把最后那件鲑鱼寿司塞进嘴里，紧跟在妈妈身后。

妈妈拖着加宝的手，向着优先登机的商务通道走去。

妈妈：“知道吗？拖着你的小手是最开心的。”

加宝：“知道。”

商务舱里，加宝迫不及待地戴上耳机，找寻卡通片频道。空中服务员自我介绍后，又送上欢迎饮料：“夫人，喝哪种饮料？这是鸡尾酒……”

妈妈：“就这吧。”

加宝：“我可以要雪糕吗？”

空中服务员：“当然可以。”

加宝：“有奶油饼干味的吗？”

空中服务员：“没有，有草莓、巧克力和香草味。”

加宝：“我可以帮妈妈要吗？”

空中服务员：“当然可以。”

加宝：“我妈妈喜欢草莓。”

她为自己要了两杯雪糕。

机舱窗外，云海中落霞金黄。

妈妈翻开那刚买的介绍新西兰的旅游书，内页整版是一只绿鹦鹉。

妈妈：“加宝，你怕鸟吗？”

加宝：“怕！”

妈妈：“妈妈小时候也很怕鸟。”

加宝：“为什么？”

妈妈：“因为在妈妈小时候，有只公鸡，和妈妈一样高，它飞上来啄伤妈妈的额头，以后凡是有羽毛的，妈妈就都害怕。”

加宝：“我很怕鸟，我们真是母女，不用验DNA。”

妈妈被逗笑了，将手掌轻压在加宝脸蛋上。

妈妈：“这故事没完，我的姐姐帮我报仇，她追上那只公鸡，骑上它，当小马骑。她只大我两岁。”

加宝哈哈大笑。

妈妈：“有趣吧？还没完，骑了一会儿吧，那鸡摇摇晃晃倒地了。”

加宝很好奇：“为什么？”

妈妈：“肠子被挤出来了，她太重，把鸡压扁了。”

加宝：“咦！好可怕！”

妈妈：“对不起，但这是真事。好啦，你看卡通片吧！”

妈妈把旅游书放回座位架子上，闭目养神。

她身后的杂志架上，新西兰的报纸刊登了一条醒目的头条新闻——《巨树病了？》

窗外，飞机沿飞行航道爬升，中国南海上璀璨的香港海岸摩天大厦林立，万家灯火，相互辉映，夜色浮靡。

第四章

隐世鹰岛

Eagle Isle—
A Hidden World

4.1 黑鹰王神授君权

星河银辉中，天鹰星座横贯，隔开了两边夜空。

航道万米以下，近赤道的地方，有很多隐世荒岛。岛上亿年前就存在的原始雨林，丛林树荫、树冠分散延伸，藤蔓纵横，气根密集纠缠生长。

云层变厚，完全遮盖月色；夜空漆黑，沿河道前进，树上成千上万的萤火虫闪闪发亮。灌木丛底，苔藓精灵、地衣精灵、水草精灵等正热闹地在河道载歌载舞。精灵眼中，树上闪亮争辉的萤火虫有如今夜星辉璀璨。

林鸟在树上跳动啼唱：“嘤嘤、嘤嘤、咕咕吱吱、啾啾吱吱、啁啾、啁啾、谷谷、谷谷、叽叽喳喳、啾啾、吱吱、唧唧、唧啧唧啧……”

歌声悦耳，婉转多变，叫声嘹亮穿透。

鸣禽们在树上跳动，树叶晃动，肥胖领袖猩猩坐在树下，懒散地以粗树枝拍打蜂巢，挖出蜂蜜来吃。而体形健硕的青年猩猩不时上前挑衅肥胖领袖，一场打斗过后，领袖猩猩输了。失败的猩猩告别多名雌性猩猩及儿女猩猩后，独自沿河沟走，穿越树林，消失于沼泽树林。

杂草精灵嘲笑："失败者，唯有离群；失败者，只能离群。"

狂风掠过，且风向不定，海潮翻滚，细雨蒙蒙，雾气聚拢。

候鸟群飞抵危机四伏的鹰岛，鸟们知道，这意味着风暴骤间将至。尖尾滨鹬叔叔将腰间的灵水瓶交给斑尾塍鹬哥哥，叮嘱必须找到囚谷，才可开盖，灵水自会引领囚灵逃离鹰岛。

离别在即，斑尾塍鹬姐姐不舍："分离多时，方才重聚，已决定往后与你结伴同行，请允许我留下。"斑尾塍鹬姐姐欲留守鹰岛，陪伴斑尾塍鹬哥哥疗伤。

斑尾塍鹬哥哥坚决反对："有爱更不能成为负累，赶快飞吧，鹰岛太危险。"

斑尾塍鹬姐姐不敢逆哥哥意，唯有忍泪，将额头上天池妖男所赠鹅卵石头绳，替斑尾塍鹬哥哥系上。

斑尾塍鹬姐姐："已决意一起，为何又要分离？不分开好吗？"

斑尾塍鹬哥哥："别任性，候鸟死得不够多吗？"

树梢上闲话鸟："别顾着讲情话，赶快飞离，如被发现，必死无疑。黑鹰王会杀死路过海鸟，一只不留。路过海鸟，一只不留。"

尖啸声从远处雨林传来，海鸟群惊慌四散，海鸟群果真被

发现了！

飞近的个个满脸皱皮、小眼睛、大耳朵，是巡逻的蝙蝠士兵。蝙蝠士兵发现斑尾塍鹬哥哥，随即在林中展开疯狂追捕，小鹬精灵尾随斑尾塍鹬哥哥逃亡。

斑尾塍鹬哥哥被毛茸茸的大手捉住，是更疯狂的猩猩，在林间穿插奔跑。雨林上空正打雷闪电，蝙蝠士兵见状，放弃追捕。

斑尾塍鹬姐姐跟踪猩猩，想找机会营救斑尾塍鹬哥哥，小鹬精灵一直受斑尾塍鹬哥哥腰间灵水的香味所吸引，紧跟在猩猩身后。

斑尾塍鹬哥哥与猩猩在林中纠缠，斑尾塍鹬姐姐在远处看见，更是心急如焚。眼前千米地陷，她索性抄短路直飞追近猩猩。就这一瞬间，云与地之间黑夜变白；白光中，地陷上空，斑尾塍鹬姐姐被闪电击中，轰耳雷响前，她坠落深山密林。

目击一切的闲话鸟："差一点就一起，已决意在一起，分离、团聚，就那么随意，死亡、永别，就那么随意。一切只可忘记，情路休止，情哪堪铭记？情不堪铭记？孤独、寂寞，就那么随意？"

尾随的小鹬精灵，见姐姐被闪电击毙，一时吓呆。

再次顿失依靠的小鹬精灵，抬头看夜空，惜黑云密布。她抚摸奶奶遗下的羽绒毛："将如何？前路又如何？跟谁？谁可陪伴？谁可相依？明天会如何？"

猩猩手抓斑尾塍鹬哥哥，向山谷狂奔。跑到近峭壁处，他狂吼，似想唤醒沉睡的密林。他猛烈捶打斑尾塍鹬哥哥受伤的

翅膀，狠狠地将斑尾塍鹬哥哥抛下深谷。

深谷气根藤蔓下，传来吱吱鸟叫声。她有圆圆的小头和圆眼珠，全身鲜绿的软滑羽毛，是只可爱小绿鸟，因饥饿难忍，溜出巢穴，寻找久没归巢的妈妈。

躲在树枝上的闲话鸟唱："夜里出巢，呼唤找妈妈。"

另一只闲话鸟唱："黑鹰王久求安静，难以入睡，小小动静会惊醒。"

咕咕、咕咕，尖厉刺耳，凄厉悲惨，响彻夜空，是夜间出来捕食的猫头鹰军师。闲话鸟唱："听到猫头鹰军师笑声的区域，有鸟将亡，军师闻到了将死鸟的气息。"

可怜小绿鸟遇上了猫头鹰军师。

闲话鸟齐唱："小绿鸟，这次一定厄运难逃、厄运难逃。"

猫头鹰军师头大脸圆，双眼更圆，嘴呈钩形，双翼强壮，喙爪锐利，模样丑陋古怪。他双耳听力特别好，老远已听到了小绿鸟吱吱的叫声。

猫头鹰军师先把闲话鸟驱赶出树洞口，再左看看、右看看，转转柔软的脖子，阴森地问："可知打扰黑鹰王睡眠，该当何罪？"

猫头鹰军师对四周树丛里守护的蝙蝠士兵宣告："打扰黑鹰王睡眠是死罪，是死罪！"

洞穴里的蝙蝠群出动齐唱："打扰黑鹰王睡眠，是死罪！"

小绿鸟被凶残的蝙蝠士兵围殴痛打，她痛极惨烈呼救："妈妈救我，妈妈救我。"她多么希望妈妈到来援救。小绿鸟鸟喙渗出血迹，蝙蝠群士兵将昏迷的她抛下丛林。

丛林低地森林里，四五只黑凤头鹦鹉正秘密地商议谋事。在旁协助监视环境的紫鸽舞姬，听到传来鸣声，立即大力拍打翅膀，发出很响的拍打声，提醒黑凤头鹦鹉；她更直线飞升，到树冠看个究竟。

远处空中的小黑点，是飞行中的白腹鹰将军。将军的鸣声忽近忽远，吓得谋事未完的黑凤头鹦鹉、紫鸽舞姬惊散飞离。

沿岸海雾轻浮海面，白腹鹰将军低空盘旋降落树冠。他嘴尖呈钩状，利爪强健。猫头鹰军师讨好地迎上去，对面带倦意的白腹鹰将军说："将军讨伐刚回，请去休息，将被俘者交我处理，我立即将他们押送黑鹰王宫听候发落。"

白腹鹰将军将鹦鹉俘虏交猫头鹰军师。

于是猫头鹰军师领头，蝙蝠士兵押送，众被俘鹦鹉飞越树丛，往地势高峻的丘陵飞去。

眼前高脚木筑宫殿覆盖着棕榈茅草，沿屋顶梁脊，殿顶两端翘起。鹰宫殿内宽敞，地板铺上细密竹席；大殿正中央，摆放着威严的巨型鸟头泥塑；而屋檐的缝隙，由蝙蝠士兵守卫着。

一只身形纤瘦的雌斑尾塍鹬正混合着香炉中多种香草叶子、种子，点燃了。

斑尾塍鹬恭敬禀告："大王，睡眠草已备好，大王晚安，卡鲁娜退下。"

她恭敬退下，额前系有一条鹅卵石头绳。

老态龙钟的黑鹰王单眼睁开细缝，贪婪地瞥视她优美纤细的身影离去。香炉中冒出缕缕青烟，黑鹰王全身毛囊气孔深深吸入草药的香熏。

他容貌憔悴僵硬，眼角向两侧吊起，双眼细小，喙爪深褐。处于半睡眠状态的黑鹰王，鼻涕直流，感觉头昏目迷，好像正在茫茫大海雾浪中，与信天翁交战于石礁岛。对手太强，他重伤倒地。

黑鹰王的柔弱身体开始痉挛，心慌恐惧，看见不同鸟的面孔在自己脸上变换。迷幻危难之际，幸得年轻白腹鹰将军赶来营救，黑鹰王大喜，正欲加以赞赏，突然白腹鹰将军走近他跟前狂笑，继而呕吐大作，吐出一只又一只死鸟。梦中的黑鹰王惊醒，吓得全身冒冷汗。他猛地睁开双眼，汗滴满脸地责问鸟神塑像："为什么？什么意思，常发此梦，常发此梦，什么启示，什么启示？"

此刻，猫头鹰军师在殿外大声报喜："大喜！大喜！贺喜黑鹰王！贺喜黑鹰王！白腹鹰将军在鹦鹉岛大胜，已彻底歼灭鹦鹉岛；鹦鹉首领、伤兵被俘，已送至殿外。"

黑鹰王听毕，缓缓闭起双眼，终于明白噩梦之提示。白腹鹰将军是个大威胁，必须铲除。

黑鹰王耳中听到鸣声，是喋喋不休的："去死吧，去死吧。"

他眼皮下尽是敌意，粗野、敏感的眼睛瞪大："鹦鹉在说话，是殿外被俘鹦鹉首领在说话。”心虚至极的黑鹰王想到鹦鹉首领近在殿外，盗获自己的噩梦：“可恶之极！可恶之极！”

他流着鼻涕，狂躁地向蝙蝠守卫下令，殿前重刑毒打被俘鹦鹉首领。

蝙蝠守卫飞降殿前，禀告发现有海鸟上岛，黑鹰王更是震怒。

黑鹰王急躁踱步，索性飞至山头最高处，对星空狂吼怒号。

黑鹰王唱：“奉天鹰鸟神指示，本王，为神之使者！鸟神托世，君权神授！囚禁候鸟，为其赎罪，每只鸟脑袋中，有魔鬼之子，随月亮缓缓升起，鬼子凝聚成形。到月色最亮时，鬼子就在鸟身内嚣张作乱，歌声又尖又细，刺耳！刺耳！太刺耳！必须治之以暴，用暴力决定一切，如一场恢复生机的暴雨。杀死路过海鸟，一只不可留，一只不能留。唯暴能控制鬼子，唯有施暴！彻底地施暴！吞噬！吞噬！绝对吞噬！囚禁亡灵，是救赎！是救赎灵魂！唯暴力决定一切，必须治之以暴。暴力能强，暴力能强，统领一切！”

黑鹰王随即勒令荒岛上万只蝙蝠卫兵全岛搜寻：“杀死路过的候鸟，迁移海鸟一只不可留，一只不能留。”

千只夜行蝙蝠飞出丛林，用音波探索空中猎物：“誓死效忠黑鹰王！誓死效忠黑鹰王！”

黑鹰王飞至白腹鹰将军所在区域，在丛林树冠顶，瞥见白腹鹰将军支持者众，群鸟欢聚围舞，更感威胁。他主意已定，白腹鹰将军必须死！

忽然，漆黑夜空中似有扫把星划过。尾随的猫头鹰军师长叹，今夜扫把星乍现，为不吉之兆。猫头鹰军师进言："海霸信天翁，屡难征服。强壮白腹鹰将军战功无数，前往征讨，最好不过。"

黑鹰王："这主意很好、很好！"

黑鹰王与猫头鹰军师共唱："白腹鹰将军领军，讨伐信天翁，讨伐信天翁。"

4.2 白腹鹰将军的盛宴

从林下的高脚树台上，黑凤头鹦鹉乐师率领乐团歌舞助兴，锣鼓声愈来愈响，百米外皆能听到。

白腹鹰将军胜利回师，率众鸟在树冠下大肆庆祝。白腹鹰将军头、颈、胸至尾部满布雪白羽毛、黑飞羽灰翅。他情绪高涨，声音沙哑又粗野，语调亢奋地描绘生擒鹦鹉首领的经过。

紫鸽舞姬深蓝小面，扇形紫头冠。在窄小的树台上，她尽情献媚挥动紫白翅膀，歌舞助兴。

"咕咕、吱吱，放纵枯竭，尽兴欢乐，鼓声诱惑，挪动身躯，羽毛闪亮，欲望无穷。如蛇般挪动，灰迷眼睛，温存毛羽，丰满的胴体，尽情取悦。活着为释放，狂欢地释放原始欲望，筋疲又力尽。鼓声嘭嘭嘭，热爱啪啪啪，渴望热烈，挪动

腰肢，挥动双翅，惹火的头冠，吱吱、咕咕。”

白腹鹰将军与紫鸽舞姬激烈热舞，摇动翅膀，挪动身躯，寻求那升温的快感。

紫鸽舞姬独唱：“跳跃，跳起来，咕吱咕吱，左左右右，前前后后，寻欢和作乐。吱吱唧唧、啁啾啁啾，鼓、打、抓、拨，欢乐游戏，看我迷惑灰眼睛，看我亮丽滑羽毛，看我婀娜又多姿，不克制，不压制，狂态尽是。”

狂野欲望已无法控制，黑凤头鹦鹉乐师猛烈捶、抓、击鼓，鼓声如天神下降。

白腹鹰将军快感倍升：“疯狂，是雄雌的游戏！活着！释放极大的狂欢，侵蚀仅余的意识！男欢女爱，雌雄天地，雌为雄生，为取悦我而生，管她是欲或爱！”

Madness is,
The great game played by male and female.
Live to the limits.
Revel in the extremes.
Gnawing away at our remaining consciousness.

Manly desire womanly love.
In this kingdom where women,
were created for men's pleasure.
Who cares if this passion be desire for love?

白腹鹰将军兴致大起，夺取黑凤头鹦鹉乐师手中鼓棒，奋力地击鼓敲乐。

他又将身子压在紫鸽舞姬身上，脑海里化身为远古冈瓦纳的巨鸟，在礁石堆迎战信天翁。身体的抽动，出现了生死打斗挣扎，仿佛体下压着的是信天翁，这宿敌信天翁正摆动身躯求逃，挣扎愈来愈少，信天翁行将断气，白腹鹰将军快感涌至。

突然，黑凤头鹦鹉乐师“叮”一声清脆的铜铃声，打断白腹鹰将军的幻觉。

白腹鹰将军发出震耳欲聋的怒吼，一跃而起，从树台上全力冲向黑凤头鹦鹉乐师。乐师吓得脸颊通红，白腹鹰将军挥舞双翅用趾猛踢，黑凤头鹦鹉乐师被推倒在地。

难以压抑的怒火，瞬间飙升。白腹鹰爪揪住黑凤头鹦鹉乐师的头，抓起一把羽毛；惊慌的黑凤头鹦鹉乐师亦牢牢钳住白腹鹰将军的颈项不放。黑凤头鹦鹉乐师猛踢趾，没踢中，反而踢起大堆落叶。

紫鸽舞姬劝架，被怒火高涨的白腹鹰将军挥翅狠狠摔下树台：“一会儿收拾你。”

白腹鹰将军突感莫名的紧绷感，从喉颈伸延、胀大。他感到腹部胀大，膨胀欲裂，传来尖锐刺痛，喉颈也忽地缩窄，便刺痛地重摔倒地。

眼前一摊泥水反射刺眼的弯月，月光银白强光倒影，白腹鹰将军本能地眯起眼睛使周遭昏暗些。

白腹鹰将军嘴咧开，大大地咧开，必须咧开，才能让喉部松开，但脑袋似亦快分开，脑液快被月光吞噬。

白腹鹰将军逃进丛林，强烈火辣辣的痛楚爆发，像火焰冲破喉咙，终于发出震耳欲聋的叫嚣。痉挛、呻吟、颤抖、跌跌撞撞，他狂奔向崖边，用力伸展肢体，将身体使劲往后拉扯，直到撕裂痛楚。他看到万丈深渊，再次感觉自己就是远古冈瓦纳巨鸟，张牙舞爪地咆哮，眼睛抽动，流着口涎，不停地扭脖子，面颊不自主地抽动、摇晃，颈部撕裂，腹部撕裂，脑袋撕裂……濒临疯狂的边缘，紧握的鹰爪竟无法松开，体内似有万只蚂蚁正逃离这快被月光吞噬的躯壳。

精疲力竭，唯奋力狂奔、逃、爬……半晌来到溪边香叶亭。

流水淙淙，白腹鹰将军放弃了挣扎，倦极瘫倒树荫下。

香叶亭里，卡鲁娜焚烧香草颗粒种子，熏烟缕缕，白腹鹰将军全身毛囊吸入浓烈的异香，顿觉舒缓轻松，昏睡过去。

闲话鸟敲击果实风铃，铃声细腻，伴着水流声，如轻柔原始古乐。卡鲁娜在树荫枝条下，悠然曼舞，念起百万年前小树精说的话：“下世不做树精，一定化身小鸟……”

山谷里下起绵绵丝雨，雨声潺潺。

4.3 幽谷药师

深宵月色皎洁，卡鲁娜携篮子采摘药用草叶、果实、种子。

卡鲁娜放下草药篮子，躺于树冠，对星空唱："深宵星尘，你们见证热爱、温柔、甜蜜是那么的感动？突然消失？消失于夜空，守护就此消失，为何？温柔浓情，可是真？热爱甜蜜，也是真？爱是真，应是永恒，就是永恒。月光作证，月光你曾作证，月光你能作证。"

Midnight stardust,
you have witnessed love, tenderness and sweet feelings.
They are so deeply moving.
But why do they suddenly disappear?
They vanish in the night sky along with the Guardians of Love.
Why so?
Tenderness and affection, are they real?
Sweetness and love, are they real?
If real, they should be forever, eternal.
Oh Moonlight, please bear witness, please do!

满天星辰，树精感动，花粉撒下。

昏迷中的小绿鸟迷糊痛苦，她找不到妈妈，非常恐惧害怕。她呻吟着睁开小眼睛，眼眶内的泪水苦苦地打转，伤心哭泣："会怎样？我会死去吗？空虚与绝望，很害怕。我会怎样？去哪？我将会死掉吧？"

闲话鸟："灵会飞上蓝天，天外天，远至无鸟能及的天外天。”

小绿鸟：“还能见她吗？”

卡鲁娜摘下身旁一串果子，喂进小绿鸟嘴里：“她也很想你，吞下这甜果，爱在你身旁，她伴在你身旁。”

小绿鸟：“我看不清你，但请抱紧我。”

小绿鸟闭上双眼，想着妈妈抱她入怀。小绿鸟全身僵硬，灵被释放。小绿鸟死了。

守护在旁的小鹂精灵对小绿鸟精灵说：“让我做你妈妈，我会在你身旁不会离弃，我俩结伴相护，结伴同行。”小绿鸟精灵和小鹂精灵从这一刻起结伴同行。

卡鲁娜：“两位小精灵，囚谷囚禁着许多囚鸟、亡灵，黑鹰王恶毒，白腹鹰将军正当盛年，如他们一天存活，候鸟永无安日，无数情爱被毁，无数妻离子散，请援助我，请帮助我释放囚鸟、亡灵。”

小绿鸟精灵和小鹂精灵答应跟随她。

冷空气移至山谷，谷雾持续。卡鲁娜穿越迷谷，在浓雾中的百合幽谷里，抛下草药种子。卡鲁娜独唱：“夜间幽谷密林，清香的百合，这美妙的香味，优雅、激情、温柔、感性，勾起美好时光。丰盛、清新、精致而细腻，绽放甜蜜，忘记耻辱，忘记悲苦，淡淡地、暖暖地、轻轻地躺下。冻结，痛苦冻结，时间冻结，美妙的香气伴随，忘记痛，忘记苦。这美妙的香味，勾起最幸福的感性，丰盛、清新、精致而细腻，甜蜜柔情。”

卡鲁娜唱：“寒冷的幽谷，雾气层层，前路不清，看不清。渴望振作！再振作！伤心的灵魂，幽谷里的灵，快有出路，光明将现，光环将浮现，抚平伤心和忧郁，如黎明温柔的阳光，芳香像清晨露珠，追寻幸福希望。囚禁的灵魂，受苦的囚鸟，灿烂的阳光照散乌云，勇敢起来吧，阳光会照耀，终会照耀。”

囚谷被密林遮盖，常年不见阳光。藤网旁伤重的囚鸟们：“勇敢的斗士，妩媚的幽谷百合，惜阳光从没照耀，这里是天鹰的囚谷。瞧星空天鹰，每夜在星空看守。”

卡鲁娜唱：“勇敢起来吧！囚鸟们！勇敢起来吧！亡灵们！阳光终会来临，阳光快将来临。”

倚在树网下一只矮小的雏鸟低头唱：“我没有了眼睛，不能再见光明，纵是阳光来临，已不能飞离，生存已没意义。”

黑暗中，他身旁另一只小鸟唱：“我就是你的眼睛。”

卡鲁娜唱：“勇敢起来吧！囚鸟们！自由快将来临。美妙的百合清香，忆起美好时光，淡淡的甜蜜，轻轻地躺下，时间冻结，痛苦冻结。美妙的香气，闻着这美妙的香味……”

Take courage, prisoners!

Freedom beckons.

The wonderful, refreshing fragrance of the lilies,

Recalls sweetness and happier days.

Lay down and let time and pain stand still.

Smell it, smell the wonderful scent!

千层树网下的囚灵、伤鸟得了安慰。幽谷里的囚鸟平静地哼出《束缚的灵魂》。

小鹩精灵听出口哨声，极似萨满的鹰骨笛曲。

小鹩精灵对小绿鸟精灵说："我认得！我记得这口哨曲子，这就是囚鸟互传暗号的曲子，囚谷就在附近。"

卡鲁娜："没错，囚谷就在这里，我将播植百合花以作暗号，万一我遇不测，请承传这秘密，来百合幽谷释放囚鸟亡灵。"

山谷中藏身的斑尾塍鹬哥哥，亦听出这幽谷传来的囚鸟哨声，极似萨满的笛曲，于是取出怀中鹰骨笛，吹起《束缚的灵魂》笛曲，呼应哨声。

卡鲁娜听出山谷远处传来的就是萨满的笛曲，她确认萨满使者已到，能破解千层树藤的灵水已送到，她向着笛曲方向寻去。

哨声和应笛曲，囚谷果然就在附近。斑尾塍鹬哥哥兴奋极了，飞向山谷追寻哨声所在。

昏暗的月色下，农田茅棚里，传出毛骨悚然的怪声，从邪笑到号哭。绿姨呆立棚内支撑木梁上，眉头深锁，嘴不停地振动。她尘垢满面，羽毛蓬松，满脸没干的泪痕，呆望前方黑暗尽头。

深宵，她游魂般地飘移游荡，拖着身体游走于荒地、水塘，无目的地跳跃，无视成群蝙蝠卫兵低空捕杀，也不理唾液沿嘴角流下，不吞不吐，低声喃喃自语。

闲话鸟唱："寂寂长夜，身心俱疲。无止的伤痛、游荡、踱跳、失眠，又一个失眠夜。身躯消瘦、羽毛尽脱，她尽管活着，亦只是存在。”

Long lonely night,
Body and heart exhausted.
Endless pain, wandering to and fro.
Sleepless, yet another sleepless night.
Just skin and bones, feathers gone.
Alive but existing only.

豪雨中，没能找到女儿，找不到小绿女！失散了！丢了女儿，丢了魂，绿姨在林间号啕大哭，哭得抽搐，哭得没了眼泪。

闲话鸟：“有爱而聚，失爱而散，魂飞魄散。”

谷雾正起，她踱进弥漫的浓雾里，空气中水滴、冰晶浮沉。卡鲁娜将她推开，避开蝙蝠卫兵的猎捕。冻雾让几步外的悬崖峭壁模糊不清。

依偎树根，绿姨紧紧抓住卡鲁娜。卡鲁娜听到两只小鸟在对歌，在诉说被欺凌的事，似幻如真。

卡鲁娜：“小鸟没事。”

绿姨：“我被囚于又窄又肮脏的笼子，动弹不得，我虽逃出人的笼子，但顿失至爱，如何再过下去……”绿姨心力交瘁，述说久不归巢的原因。小绿鸟精灵失控紧抱妈妈大哭，她终于找到了妈妈。

卡鲁娜：“下雨了，回你茅棚的家避雨吧。”

绿姨：“不见了她，何必避雨？她给我希望，我给她温暖，有她有我便是家，互相牵挂就有家。”

卡鲁娜从树枝上摘下小甜果，送入她喙里，温柔地劝慰：“休息吧！疲倦的身，伤透的心。”

卡鲁娜劝她闭眼入睡：“滑落梦乡吧。”

绿姨：“弱小的她失去依靠，我亦顿失依靠。”

卡鲁娜：“闭上眼睛，伤痛会过去的。”

绿姨：“唱歌给我听，为我而歌吧！”

闲话鸟：“解她伤悲，唱给她听，为她而歌吧！”

小绿鸟精灵：“有爱就有家。”

小鹂精灵：“奶奶爱我就是家。”

4.4

我定成皇

苍凉晨雾停留半山，丘陵被山群包围。火山山脉中的热带雨林里，强烈气流奔至，雾团攀升，如汹涌白浪头浩荡涌至，掠过翠绿丛林。

白腹鹰将军威风凛凛挺立于树梢，一动不动。他端正身躯，两腿横开站立，趾尖朝前扣，双爪朝下，扬眉怒目，直视前方，如孤寂的王者，雄踞崖巅。

在气流承托下，数十只白腹鹰兵，在悬崖峭壁间展翅滑翔。

在山群的空旷岩台上，白腹鹰教官正严厉地训示幼鹰们。

白腹鹰教官：“什么？没大便？快去，说过多少遍了？练飞前先减轻重量。”

岩台上，幼鹰们爱跳跃？不可跳跃！

玩踱步？不许踱步。

尾巴不许上下摆……

幼鹰们被逐只推下崖，白腹鹰教官空中吆喝，训斥幼鹰们学习如何正确升降运气，如何减少阻力、增加推进力、运用浮力。每只幼鹰被迫急速前翻、后翻、侧翻、抖翅，将双翼尽量展开，运用气流升空，沿斜坡上升，感受风力，缩翅俯冲下降。

白腹鹰教官督促幼鹰们，急促拍翼，产生推力，令身体上升配合高频率呼吸。

幼鹰们运气、吸气，气进入全身骨骼；呼气，又经气囊排出体外。他们练习增加浮力，全身凌空，用意领气，气贯注入体内，身体随之徐徐上升。

白腹鹰教官教导出爪的要诀：紧闭双眼，意念集中，以意引气上升，再将气分流沿身体内侧下注双爪，直到双爪感到热、麻、胀。集中力度，击打时猛喷气，倾注全身爆发力，便可快而猛，须注意把全身重量集于爪……被俘的鹦鹉伤兵成为幼鹰练习的对象。

白腹鹰将军高唱：“残酷令我更强，我定成皇，助我成皇。”

白腹鹰教官教导对打。有只幼鹰在与鹦鹉伤兵对打时，不慎被鹦鹉撕下翼末初羽。白腹鹰教官立马大声严厉训示："近身肉搏，万万不可被撕下初羽，失掉几条就足以丧失飞行能力。"

再练空中搏击，多只幼鹰飞至半空，练习对打。幼鹰们一上一下，脚爪对抓，在空中翻筋斗、滑翔，备战拼搏声四起。

4.5 爱是枷锁如诅咒

淡淡的红光，日照群山，山峦岚雾逐渐消散。

丛林中，溪水瀑布直泻入天坑。天坑里翠绿潭池旁，树藤千丝万缕垂下，卡鲁娜在树藤间荡秋千，猩猩在潭里戏水，两个精灵在旁伴着卡鲁娜。

猩猩："假如我是小鸟，必与你齐飞。"

卡鲁娜："假如我是猩猩，就与你一起爬树。"

猩猩："假如你是猩猩，你不会理睬我。"

卡鲁娜："为什么？"

猩猩："我是失败者。"

卡鲁娜："那我变小猪？"

猩猩："为什么？"

卡鲁娜："在树下挖花生送你。"

猩猩："昨晚我捉了只海鸟，送你做伴。"

没等猩猩语毕，天坑外传来囚鸟号哭声，卡鲁娜纵身飞出百米天坑。

猩猩吐露心声："我喜欢你。"

峰顶树梢，白腹鹰将军正向百合幽谷大施暴咒，囚鸟痛苦，亡灵更是百般受难，囚谷号哭沸腾。

白腹鹰将军唱："全是邪恶妖鸟，即使巨树种子漂流上岸，绝不能让海鸟找到巨树种子。不论迷鸟、候鸟，在囚在逃，在天在地，一切海鸟，或被囚禁，或被处死！用尽办法！海鸟必死！候鸟必死！"

白腹鹰将军："蝙蝠卫兵听令，雷电一到，速速火烧囚谷，一只不留！一只不留！"

卡鲁娜赶来阻止白腹鹰将军。卡鲁娜："停！停下！不要伤害他们！"

尾随的两个小精灵看见囚谷中有很多囚鸟、亡灵，挤满谷底，或呆立不动，或瑟缩树角，或反应迟钝。

两个小精灵叫藤网内一只垂着头的雏鸟，他抬头看两个小精灵，竟是眼生脓疮，羽毛尽失！

"药师，求给我安睡药解脱吧。"

两个小精灵吓一大跳。

蝙蝠士兵飞扑至藤蔓网边，捕食近网的伤鸟。伤鸟们看见卡鲁娜，纷纷回避，白腹鹰将军挥翅将卡鲁娜摔倒在地。

白腹鹰将军："待我回来，好生治你。"

卡鲁娜："不要伤害他们。"

白腹鹰将军："念你消我痛患，否则早将你吞噬。"

原来呆立近网的都是取药种的伤鸟。

转世湖妖探头出水面，倾耳向湖心云端窃听，传来千里之外囚灵的号哭声。她长眉深锁，柔长的指尖往北极净空圈了两个风眼，天色瞬间起变化，雨云密集，海面波涛汹涌，强风吹倒山区树木，落下倾盆暴雨。湖妖两袖摇摆向湖底作法，口念咒语……

白腹鹰将军飞离巅峰树梢，飞降千米往密林避雨。

雨声中混杂着笛曲。

卡鲁娜："听！那笛曲又响起。去看看。"卡鲁娜往笛声发出的方向找寻，两个小精灵尾随。飞到眼前蕨类植物面前时，卡鲁娜以口哨吹起笛曲没完之音。

曲毕，卡鲁娜踱到他跟前："你受伤了？"两鸟盯着对方。

斑尾塍鹬哥哥："是！我的翅膀受伤了。"

卡鲁娜环顾四周："让我看下伤口。"

卡鲁娜走近，见斑尾塍鹬哥哥额上的鹅卵石与自己一样，亦闻到了灵水的奇异香味。

她心里大悦，连忙问斑尾塍鹬哥哥是从何处学的灵曲。斑尾塍鹬哥哥答为萨满所授。

卡鲁娜再问："你又从何处取得鹅卵石？"

斑尾塍鹬哥哥答："天池妖男所赠。"

卡鲁娜立即阻止："不用讲。"

卡鲁娜：“你可以在这里休息，直到痊愈，这里安全。”

斑尾塍鹬哥哥：“你住在这里？”

卡鲁娜：“是。”

斑尾塍鹬哥哥：“你是海鸟？”

卡鲁娜：“曾是，但我留在这里。”

斑尾塍鹬哥哥：“留鸟？为什么留下？”

卡鲁娜没回答。

斑尾塍鹬哥哥因为额系斑尾塍鹬姐姐所赠的鹅卵石额头绳，他看见了两个小精灵在卡鲁娜身旁。小鹬精灵欢喜重遇斑尾塍鹬哥哥，告之在百合幽谷见到了囚鸟、亡灵。

雷雨持续，雨林里风雨交加，溪流急速泛滥，山坡泥路泻下土石流。

卡鲁娜：“来，进树洞，跟我飞。”

卡鲁娜将斑尾塍鹬哥哥领进树穴避雨，洞穴内收藏着好多树皮、树叶、果实、干花、根茎、种子，散发一股怪味。

斑尾塍鹬哥哥：“这是什么奇怪气味？”

卡鲁娜：“全是草药或药引。雨林草药最丰富，在不同时分季节摘下，以不同的方法处理，药性便有所不同。”

小鹬精灵终于明白：“是你？是你向囚谷抛下药种子？”

小绿鸟精灵：“是你在救治伤鸟？”

卡鲁娜：“是！我是幽谷药师。”

斑尾塍鹬哥哥：“我想知道更多关于你的事。”

卡鲁娜：“你已经认识我。”

斑尾塍鹬哥哥继续追问卡鲁娜甘做留鸟的原因："你是海鸟，为什么留在这里？"

卡鲁娜："我不能离开这里。"

斑尾塍鹬哥哥："为什么？"

卡鲁娜答："因为……我在等他回来。"

斑尾塍鹬哥哥："他会回来吗？"

卡鲁娜："我不知道，希望会。"

斑尾塍鹬哥哥："他知道你在等他吗？"

卡鲁娜："选择爱，就是选择忍耐。"

卡鲁娜用药叶包裹着蚂蚁，放入斑尾塍鹬哥哥受伤的翅膀羽毛中。

小绿鸟精灵似懂非懂地问："爱是忍耐？"

杂草精灵提示："爱是等待，默默地等待。"

闲话鸟插嘴："一夜一个失望，失望伴随每个晚上。"

卡鲁娜更正闲话鸟："爱是期待。"

斑尾塍鹬哥哥："但期待带来伤害。"

杂草精灵回答："等待，长久忍耐，有爱就会等待。"

沿岸遭受劲风吹袭，海上巨浪滔天，暴雨持续。

卡鲁娜："但有爱总有悲。"

蝙蝠卫兵追捕到药穴附近。

卡鲁娜领路，带斑尾塍鹬哥哥逃向密林。

两鸟飞到深谷洞穴，卡鲁娜用温暖的地热泉水替斑尾塍鹬哥哥清洗伤口，两鸟渐生情愫。

卡鲁娜：“向前一步。”

斑尾塍鹬哥哥：“向你迈进一步。”

卡鲁娜：“再进一步。”

斑尾塍鹬哥哥：“步向你。”

卡鲁娜：“我以为我已完结了。”

斑尾塍鹬哥哥：“没完结，才刚开始。”

卡鲁娜：“我以为已没有感觉。”

斑尾塍鹬哥哥：“你的感觉回来了。”

卡鲁娜：“我还能宽悦赏心？”

斑尾塍鹬哥哥：“你值得拥有快乐、悦心。”

卡鲁娜：“生命是奇迹。”

斑尾塍鹬哥哥：“生命是不可思议。”

卡鲁娜：“我已坠入情网。”

斑尾塍鹬哥哥：“放开胸怀，哪里都有爱。”

卡鲁娜：“爱令生命充满愉快。”

斑尾塍鹬哥哥：“令生命更美丽，似你般美丽。”

小鹬精灵：“爱照亮了黑暗。”

小绿鸟精灵：“爱照亮了生命。”

卡鲁娜：“命里注定我们一起。”

斑尾塍鹬哥哥：“你我注定一起。”

卡鲁娜和斑尾塍鹬哥哥齐唱：“没有伤悲，没有空虚，贴近他，迷晕我。我们合一，我们灵魂在一起，我们身躯又融合一起。”

斑尾塍鹬哥哥：“向密林歌唱，纵情歌唱。”

卡鲁娜：“为你歌唱。”

斑尾塍鹬哥哥：“大声歌唱，纵情歌唱。”

卡鲁娜：“为你而唱。”

卡鲁娜：“抱紧我。”

斑尾塍鹬哥哥：“抱紧你，非常紧。”

卡鲁娜突然欲离去：“离去，我最好……离去。”

斑尾塍鹬哥哥：“没有未来、没有过去，你喜欢此刻吗？”

卡鲁娜：“但是……”

斑尾塍鹬哥哥：“别做什么，什么都不做，什么都别做。”

卡鲁娜：“……什么都不做。”

两鸟亲密交颈。

黑暗温暖的洞穴里，斑尾塍鹬哥哥：“我们飞离这岛吧？”

卡鲁娜：“不可以！不行！”

斑尾塍鹬哥哥：“已震颤的心灵，何必回避？”

卡鲁娜：“真不可以。”

斑尾塍鹬哥哥：“是爱侣理应在一起。”

卡鲁娜：“最好别在一起，爱不真实。”

斑尾塍鹬哥哥：“但此刻是真实的。”

卡鲁娜：“情真会变幻，变幻最无情。”

斑尾塍鹬哥哥：“爱是恒久不息。”

卡鲁娜：“你让我落泪。”

斑尾塍鹬哥哥接住她滴下的泪珠：“这一刻已是永恒。”

在洞穴口，小鹬精灵问杂草精灵：“爱是什么？”

杂草精灵答：“爱是等待，如黑夜等待黎明，像日落等待日出。”

卡鲁娜答：“如选择爱，便是选择等待，就是长期忍耐。”

斑尾塍鹬哥哥高唱：“放弃吧！再寻爱。”

卡鲁娜唱：“每段爱情都是真实，但……”

斑尾塍鹬哥哥：“选择欢悦，不再寂寞，别再掉泪。”

卡鲁娜：“爱是枷锁，是束缚，是海中浪泡，是风里雪花，瞬间即逝？”

斑尾塍鹬哥哥：“你如此美丽，你要过更好的生活。”

一群闲话鸟飞出树梢，在森林间咏唱。

闲话鸟：“他们堕入爱河。”

小绿鸟精灵：“什么是爱？”

闲话鸟：“在他心里，在她脑里，惦记对方。”

闲话鸟：“爱是打开心扉。”

小鹬精灵问：“然后会怎样做？”

闲话鸟：“他不再歌唱，他会抱紧她。”

闲话鸟：“他要求爱。”

闲话鸟：“她打开心扉，接受爱。”

闲话鸟：“打开心扉，会受伤害。”

闲话鸟：“他是海鸟。”

闲话鸟：“哦不不，他将被杀死，她也会被处死！”

闲话鸟：“孤寂、伤悲、痛苦又再回来。”

闲话鸟：“得到爱，赔上自己的性命。”

闲话鸟：“得到一样，失去另一样，这是真理！”

闲话鸟群飞走了。

小鹬精灵更是疑惑：“爱是什么？”

小绿鸟精灵：“听他们唱吧。”

洞穴口，卡鲁娜唱：“以为幸福已远去，早已痛失自己，原来爱，从没远离，原来爱，从没远离，是我没放开，一直没放开。原来爱如阳光，一直存在，爱已接近我，正谱上恋曲，感觉回来了，温暖回来了，可以错过一切，不能错过爱，不能错过你。”

斑尾塍鹬哥哥唱：“泪水干了，悲伤过去了。你在此，与我一起，我想与你一起。”

卡鲁娜：“能信你？能相信你吗？能信感觉吗？我应该怎么做？”

斑尾塍鹬哥哥唱：“爱是信任、真心、忠诚，信赖我吧，我不会撒谎，永无谎言，会关心你、爱护你、爱你。”

卡鲁娜：“这是真的？这话是真情实话吗？”

斑尾塍鹬哥哥唱：“完美。你接近完美无瑕，是梦成真？与你一起，想与你一起，直到生命最后一刻，我能与你一起？能一起吗？”

卡鲁娜：“拥抱吧，千次万遍。”

斑尾塍鹬哥哥：“我们相爱吧。”

花粉纷纷撒下，两鸟飞出洞穴口，在崖壁前，眺望晨雾里的火山群，迎接奇妙的日出黎明。

闲话鸟飞上天空唱：“看！日出，它照亮黑暗，移除失望、空虚。伤悲已过，是喜悦的时候了。”

小绿鸟精灵：“瞧！第一束光线。”

小鹬精灵：“是喜悦的时候，是他们相爱的时候？”

闲话鸟：“爱真奇妙，甜如蜜。”

小鹬精灵：“我想试试甜蜜。”

小绿鸟精灵：“试试那甜的味道。”

闲话鸟：“爱何止甜蜜？更胜甜蜜。”

闲话鸟：“爱情优美，如鲜艳花朵。”

闲话鸟：“爱情刺激，又欢愉。”

闲话鸟：“森林充满神奇、快乐、喜悦和幸福，就是爱的所有。”

斑尾塍鹬哥哥：“我们相遇必有因，别留鹰岛。追逐阳光，追求使命，实现使命，延续神话吧。”

卡鲁娜：“对，飞向温暖阳光。”

斑尾塍鹬哥哥：“与我起飞吧。”

空中又再传来囚鸟的怨叫号哭。

杂草精灵唱：“听苦难在叫，众生在咆哮。”

杂草精灵答：“苍天尚无怜悯？实现使命还包含牺牲。”

卡鲁娜对斑尾塍鹬哥哥说：“你翅膀受伤，一旦被发现，后果不堪设想。快回药穴，别出来，小绿鸟精灵送他回药穴，小鹬精灵跟着我吧。”

卡鲁娜转身飞离，对自己唱：“爱欲充满渴求，爱虽甜如蜜糖，却似诅咒，诅咒寿命；爱虽温暖，但如网束缚，情真被计算，堕落波涛，困扰跌撞，谁能幸免？爱是枷锁，爱歌如念咒，送我入诅咒。爱途本为诅咒之旅，何必沉沦？何必执意沉沦？”

The desire for love overflows with yearning.

Sweet as honey, yet also a curse, a curse on your very life.

Love warms the heart, but it spreads like a fishnet.

One can easily be lured into its mesh.

Who can be spared?

Love is a yoke,

and the love song a curse.

A journey of love is by nature accursed.

Why tread such a path,

of one's free will?

4.6 出征嘉年华

树冠上，晨露洗擦，鹰兵们纷纷伸开尾巴羽毛摇曳，晾晒双翅羽毛，享受晨光微曦。

嘉年华乐队中黑凤头鹦鹉乐师、紫鸽舞姬等奏乐歌舞，欢送白腹鹰军出战征讨信天翁。

黑鹰王："圣战定千秋，灭绝信天翁。"

猫头鹰军师："百胜鹰军出战，信天翁必死！"

鹰兵纷纷张开翅翼，飞上蓝天。白腹鹰军出征了。

白腹鹰军围绕着山脉，高唱着："圣战，胜利而归；圣战，我们将胜利而归。雷电、骄阳，何惧？暴雨中攀升，此刻高山，下刻冰川，地貌尽变。严寒、荒凉、强风、贫瘠，活过来，跃过去，不畏孤独和恐惧。独行练就我、成就我，英雄何惧艰辛？战胜敌军，百战百胜，唯我鹰军。"

Holy War! We'll return triumphantly!

Holy War! We'll return triumphantly!

Thunder and lightning, scorching sun, we fear not!

We ascend in the midst of violent rain storms.

Now, over high mountains! Now, over glassy glaciers!

Severe cold, desolate wilderness, strong winds, rocky soil.

We survive and leap ahead.

Solitude and terror temper us, shape us, fortify us.

Heroes fear no hardships! We shall conquer the enemy!

Ever-fighting, ever-winning — we are the Eagle Crusaders!

闲话鸟极之快乐，松松羽毛，伸展左翼左腿，抖一抖！

伸展右翼右腿，再抖抖！摇摇尾巴羽毛唱起：“嘤嘤、嘤嘤、咕咕、吱吱、啁啾、啁啾、唧唧……有些东西你不敢想，有些东西你不能碰，快，快，走出你的小丛林！走出你的小山坳！今天到来，时间合适，自由了！精灵被唤醒。有些事情，一直在等待，你一直等待！有些事情，不敢梦想！你不敢梦想！自由、升华，时间来了、到了。为自由而歌吧，为自由而唱吧。啁啾、啁啾、吱喳、吱喳、唧唧、吱吱……”

小鹬精灵：“唱歌吧！为什么唱呢？”

闲话鸟：“为美好而唱。什么是美好？美好是温暖阳光、悦耳歌声。什么是悲哀？悲哀是没有了希望。”

小绿鸟精灵：“让我们唱吧！”

闲话鸟：“歌唱吧，歌唱吧，我们为悲伤、为疯狂而唱。我们为暴力埋葬真理而哭，我们因喜悦而唱。我们歌唱庆祝聚会，我们唱至黎明，为大家唱。大家一起歌唱，为庆祝美丽而唱，因为美丽短暂。为庆祝新生命而唱，为死者而唱，云雾中迷途而歌，为日出而歌，为阳光歌唱。幸福、珍惜、分享，因一切而唱，为一切而歌。从日出唱至日落，因伤感悲怨而哭。为新生命而欢唱，为往生而哭。夕阳中求平静而唱，月光下哀孤寂而唱。日出破晓为新一天而唱，为快乐分享而唱。我们在树顶河边唱，飞上高山，因白雪飞舞而哭。黑夜与星辰对歌，在山谷瀑布前唱，为一切而歌，为一切而唱。从清晨到晚上，为一切歌唱，歌声一直唱。”

Let's sing, sing a song!

We sing for sorrow, for madness.

We cry because Violence has buried Truth.

We sing for Happiness!

We sing to celebrate our gatherings, we sing till dawn.

We sing for everyone!

Let's sing together, sing to celebrate Beauty, because Beauty's life is brief.

We sing for new life. We sing for the dead.

We sing when we are lost in the clouds and the haze.

We sing for the sunrise. We sing for the sunlight.

We sing for Happiness, for cherishing hearts and for the kindness of sharing.

We sing for everything. We sing for all!

We sing from sunrise till sunset.

We sing joyfully for the new-born.

We sing to bid farewell to she who departs for the next life.

At sunset we sing to seek peace, in the moonlight we sing our solitude.

At sunrise, we sing for the fresh morning and the new day.

We sing to share our Happiness.

We sing on the tree crowns and by the river side.

Flying up the high mountains, we cry for snowflakes that dance.

Let the dark night and the morning stars sing to each other.

We sing in front of the valleys and waterfalls.

We sing for everything.

We sing for all, sing for all.

From morning till night, we sing for all.

And we sing on and on!

4.7

赎罪的失败者

卡鲁娜目送远征的鹰军远去，环视天色，见云层翻滚，她冲上山峰之巅，站于山顶崖壁，眉头紧锁，极目瞭望；再飞上云端，闭眼静听，然后纵身急速骤降，坠入海面，往深海沉潜下去，让每一条羽毛尽情感受冰冷水温。她有所领悟，脸上微笑。她知道等待终结了。

百万年前的树精迪、今生的转世湖妖再也按捺不住。时机到了，卡鲁娜最后的使命，是使这“果”完美地发生！

矮灌木丛里，冒出个黑褐鸟头。他红脚趾蹼，喙粗尾短，东看看、西瞧瞧，直摇头，不安地拍打双翼，笨拙地飞跃树枝，飞往海面上盘旋低飞，收翅高速直插海水中。他愈潜愈深，亦让羽毛感受着海底水温的层层变化。

片刻过后，天文司鸟从深海底层向海面浮冲上游，跌跌碰碰地降落于岸边崖壁上。

卡鲁娜待他站稳脚，厉色问：“你想怎样禀告黑鹰王？”

天文司鸟：“你想呢？”

卡鲁娜：“水温凉，一切如常。”卡鲁娜给了答案。

“但天色骗不了……”天文司鸟质疑。

“云层翻滚，会略有风雨。”卡鲁娜再提示。

天文司鸟喉咙发出粗犷不悦的呱呱声，向远处丛林飞去。

卡鲁娜亦飞离丛林，见紫鸽舞姬正与被俘的鹦鹉岛士兵一起。

紫鸽舞姬：“你没看见什么，没听见什么。”

卡鲁娜懒得理会紫鸽舞姬，视若不见，速回药穴。

药穴内，她嘱咐斑尾塍鹬哥哥给她灵水并请他速离鹰岛。卡鲁娜说她筹备多时，早在鹰岛取得黑鹰王信任，一定能释放囚鸟，更有全盘计划彻底消灭鹰军和蝙蝠兵。

斑尾塍鹬哥哥力劝：“一起完成，一起走。”

卡鲁娜坚称不必，如受伤的斑尾塍鹬哥哥留守只会增加她的顾虑。若这场硬仗斑尾塍鹬哥哥坚持参与，必使她分心，只会输，又何必无谓添加亡灵？请顾全大局，别白费她多番筹谋，务必赶快飞离鹰岛。卡鲁娜托两个小精灵护送受伤的斑尾塍鹬哥哥离开，等事情办妥，约在温暖石滩再见。

斑尾塍鹬哥哥语塞，卡鲁娜从他腰间取下灵水瓶。

卡鲁娜：“你可知灵水还须一关键要素方可生效？”斑尾塍鹬哥哥显然不晓得。

卡鲁娜：“所以你不适宜参与这场最后的战役，做无谓的牺牲。”

卡鲁娜二话不说，持灵水瓶飞离药穴，她急切地往森林找寻猩猩。她以口哨叫唤猩猩片刻，猩猩现身。

卡鲁娜："猩猩，我有件事要告诉你——不是告诉，是要你帮我，求你一定要帮我。"

猩猩："一定帮，我们是好朋友。"

卡鲁娜："如事成，你将成英雄。但如事败……"

猩猩："我如此大块头，鹰吃不下我，但肯定没好日子过。唉！说吧，什么事？"

卡鲁娜："我会放走百合幽谷内的囚鸟、亡灵。"

猩猩："啊？你知道这多危险，有千只蝙蝠守卫，你将被吃掉！"

卡鲁娜："所以我要你帮忙。"

猩猩："你想怎样？"

卡鲁娜："我想你去放火烧林。"

猩猩："我是被逐离群的失败者，再去烧林，罪上加罪。"

卡鲁娜："你释放千只囚鸟、亡灵，是功！是赎罪！"

猩猩："一定要火烧？"

卡鲁娜："千年树篷，只能火烧。亦只能用火烧，才可杀死强悍的蝙蝠卫士。"

猩猩："囚鸟全是伤患，受过重刑，方被抛进树篷囚谷，飞不远。"

卡鲁娜："我每夜在山谷抛下草药种子。"

猩猩："你必被黑鹰王处死！"

卡鲁娜：“我只求死，不求生！”

猩猩：“为什么？”

卡鲁娜：“黑鹰王早已疯癫。”

猩猩：“那你还……”

卡鲁娜：“是我毒害他至疯癫。”

猩猩：“你得赶快离开。”

卡鲁娜：“我得放了囚鸟、亡灵。”

猩猩：“或者这就是我们相遇的原因。”

卡鲁娜：“是你替我抹干眼泪。”

猩猩：“解彼此孤寂、伤悲。”

卡鲁娜：“可惜这是我生命中的使命。”

高空云顶，多股如树藤交缠的闪电蓝光怒砸雨林，密林被闪电击中，起火了。

猩猩：“暴风雨来了，你快躲起来。”

卡鲁娜：“不不不。”

猩猩：“要要要，珍贵的你，我珍贵的你。”

卡鲁娜：“湖妖在作法，她正在作法。风暴来临，完成使命，是我的夙愿，我将完成使命。”

猩猩：“你太轻了，狂风能把你吹起，将你刮走，猩猩不理明早的阳光是否灿烂。”

卡鲁娜：“我俩都是孤独者。”

第五章

王者的果

Bitter Fruits of Sovereignty

5.1

鹰雄落幕

雷电交加，密林火势蔓延。疯癫失常的猩猩拾起闪电种下的火苗，向黑鹰王的宫殿跑下去。猩猩怒吼，他围着茅草宫殿，点燃再点燃。失败者犯下火烧雨林家园这不可赎的罪，是罪上加罪。

鹰宫起火，被笼罩在烟雾中，空气充满烧焦味。天上守护鹰岛的天鹰星座，也渐见消失。

黑凤头鹦鹉乐师率领“被俘”鹦鹉首领和鹦鹉士兵，紫鸽舞姬混在百只鹦鹉堆中，包围了鹰宫，闲话鸟亦尾随看热闹。

闲话鸟唱：“变天，鹦鹉群里应外合。“被俘”鹦鹉谎称投降，黑凤头鹦鹉静待白腹鹰军出征，只剩下老鹰王。变天，变天，变天啦！”

The ruling regime is toppled!

Forces within collude with those from without.

The parrots only pretended to,

surrender on Eagle Isle.

Black-capped Music Maestro silently awaited,

the departure of the Eagle Crusaders.

Leaving brain-addled Black Eagle King alone at home.

A coup! It's a coup! A coup!

火烧热力，蝙蝠群奋不顾身拼命死守鹰宫，保护黑鹰王。垂死的蝙蝠，用趾爪抓击、用口咬伤鹦鹉。

危急之时，卡鲁娜赶至，她要求黑鹰王准她去巨石礁，通知白腹鹰将军回师救驾。卡鲁娜又送上神力草粒给黑鹰王，使他如添神力。黑鹰王立即吞服，猫头鹰军师见状，亦求卡鲁娜给一颗神力草粒吞下。

火势愈来愈猛，蝙蝠卫兵很快放弃对抗，鹰宫大门打开，紫鸽舞姬把众鹦鹉领到大殿，闲话鸟紧跟在后。

猫头鹰军师见状，搀扶身负火伤的黑鹰王逃离，黑凤头鹦鹉乐师马上率领众鹦鹉在后追捕。黑鹰王从山丘逃至平地，愈发浑身无力。猫头鹰军师也体力不支，跌落溪池。

鹦鹉群紧跟在后，穷追不舍，终于追逼黑鹰王至海边石崖壁。

烈日当空，崖下浪涛拍岸，黑鹰王放声嘲笑："鹰军离境，乌众当道，鹦鹉竟妄想称霸。从来只有猛禽方能称霸！"

黑凤头鹦鹉报以耻笑："猛禽称霸？卡鲁娜早已毁你霸业。"

黑鹰王一惊，想起刚才卡鲁娜送上的神力草粒，本来好好的，出逃后竟浑身无力；又想到每晚难以入眠，点燃安睡草，却梦见白腹鹰将军口吐死鸟，这噩梦连场，难道就是这只留鸟所为？黑鹰王恍然大悟。

巨浪突然涌至岸上，瞬间将黑鹰王卷入海中，暗流把他拖至海底。水底下，老迈的黑鹰王被暗潮冲击猛撞海底石岩。

闲话鸟："鹦鹉争霸！鹦鹉玩世！鹰雄落幕！英雄落幕！"

5.2

囚鸟释放

熊熊烈焰，火势雾霾蔓延。囚谷里传来急促口哨声，束缚的灵魂在囚谷凄惨哀号。

蝙蝠士兵听从了白腹鹰将军出征前颁下的军令：火烧囚谷，一只不留。

卡鲁娜心急如焚地飞往茅棚找绿姨，遇上斑尾塍鹬哥哥和两个小精灵。

卡鲁娜："为什么还没飞离鹰岛？这里很危险，快飞离。"

卡鲁娜顾不上了，她脑里重复着"火烧囚谷，一只不留"的军令，千只海鸟在受难，万个亡灵正被煎熬……顾不上了，卡鲁娜大喊："绿姨，绿姨，你在哪里？"

卡鲁娜心急改口叫唤："妈妈，妈妈，你在哪里？"

果然，池塘边杂草堆里，绿姨踱出来。

卡鲁娜："绿姨，你想去放你女儿吗？"

绿姨睁大眼睛盯着卡鲁娜，大叫："放了她，放了她！黑鹰王不肯，不肯，蝙蝠守卫着。"

卡鲁娜将灵水交给绿姨："绿姨，灵水可以帮你。去百合幽谷，将灵水洒在树藤上，用你最伤心的眼泪，洒在树藤上。"

绿姨："百合幽谷？"

卡鲁娜："跟我来吧。我们一起去百合幽谷，去释放囚鸟、囚灵。"

呼救哨声更近了。卡鲁娜："快，听哨声引路，去百合幽谷。那里是囚谷边沿，我早种满百合作记号，将灵水洒在树藤上，混合你最伤心的眼泪。"

百合幽谷前，卡鲁娜让绿姨独自飞下谷底："他们为何伤害你？我来放你，来释放你。我情愿失去你，也一定让你飞。放飞，即使失去一切，失去性命，亦无愧。你定要生存、存活下去，让我的生命点燃你的，让我的生命成全你的，成全你的。把生命交与你，将我的生命交与你，我已不需要生命，不需要了，什么都不需要。为了你，为了你的生命，让我成全，只为来成全你的生命。"

闲话鸟："希望爱，亦释放你。"

两个小精灵："爱是放弃自己，成全所爱，不惜牺牲自己的生命。"

风在哭，雨在舞，雨水混合泪水，模糊了绿姨的视线。灵水瓶被打翻了，洒上幽谷，哀伤的心、痛极之泪、奇香无比的灵水打开自由之门。千年树藤网顶即破；树冠、树干、横生的气根藤枝都爆开；牵牛花植物，茎攀覆盖树根，攀爬缠绕，破裂蔓延。

树藤熔化了，两个小精灵看到被囚禁的亡灵，压在没能熔开的树根下，出路被挡住了。小精灵和斑尾塍鹬哥哥竟冲进破损树根下，引领囚鸟、亡灵找寻出口。

逃生鸟群中，瞎眼雏鸟对他身旁的同伴说：“你羽毛脱落，如断了飞翅，我做你的翅膀吧。”

同伴坚定回答他：“无论你能飞多远，我都做你的眼睛。”

他俩一个没了眼睛，一个没了羽毛翅膀，互相帮助，结伴逃离。

两个小精灵和斑尾塍鹬哥哥终于找到连接海洋的地下洞穴，带囚灵们飞出海洞口。

空中重重黑影从幽谷飞天而出，千只被囚禁的伤鸟被释放了，再次自由飞翔。

站在火光冲天的山头，猩猩高唱：“背着累，沉重的负累！负着罪，罪上加罪！活下去！背着累，活下去！负着罪，活下去！飞吧，云雾外千里祝福，愿你飞得更高！群山过后，期待花开时重逢，美意正浓，或许以后不再遇见，不舍离别，心中别有我，记得活得比猩猩好。”

卡鲁娜身旁的杂草精灵唱：“不要回望，此刻最重要，去成就美好，多年期待，成就在前，前面风景无限好。”

猩猩：“前路变化无穷，珍重。无悔昨天与你依偎靠近，悲伤中同看黎明曙光。狂风与暴雨，虽将你我隔绝千里，但我们一起经历过便足够。”

岩上阵阵烈风，杂草精灵将卡鲁娜推出崖壁。

杂草精灵：“终于到了今天，你背着的负累可放下，飞吧。飞吧，勇敢的斗士，勇敢的幽谷药师。”

卡鲁娜回头瞭望烽烟弥漫的鹰岛，引颈对天呐喊悲叫，感激得热泪盈眶，泪如泉涌。卡鲁娜唱：“对你说谎是为了今天。是使命？是我的宿命？天晴了，终可亲吻蓝天与大地。”

猩猩：“你的快乐比我的更重要。”

卡鲁娜全身吸进清新的草香，心旷神怡，舒畅上路。

“背着累，背着负累；承担着，继续担着。没法逃避，无处可避，无处可躲，没有后路，毫无回报，只要坚持下去，支持下去，进行到底，这任务就是使命。”

I've a burden on my back, a hefty one.

I accept my responsibilities, and continue to shoulder them.

Nowhere to hide. No exit. No rewards.

I must persist and carry through to the end.

For this task is my Mission.

身后亿年的荒岛被密林覆盖。

5.3
圣战巨石礁

漆黑的夜里，厚云堆积空中高耸如山。斑尾塍鹬哥哥向着夜色深处飞行，期望早见星光——南十字星光。用眼感应深浅、明暗、阴影重叠的地磁图，斑尾塍鹬哥哥边飞边唱："密云快散，厚云快散。"

需要南十字星定位正南方向。

厨房船舱抛出厨余，甲板上海鸟群低头争夺，鸽使者完全争不到，饥饿已完全吞噬了他，不能再忍受。

斑尾塍鹬哥哥觉得累了，想停下来休息，他张开翅膀，依随顺风的托力，无须太用力飞翔。

暴雨又下起来，加上狂风巨浪倾盆地打在甲板上，他飞近货轮，飞翔数圈，认定位置，降落下去。甲板上没有水手，大多在睡梦中。他理了几下全身湿透的羽毛，躲进货柜夹缝中，略为闭目，进入短暂的睡眠。

白腹鹰将军立在船桅的信号灯尖上，看到鸽子，唱："这不知死活的内陆鸟，不敢远飞，且让你多活一会儿。"

白腹鹰将军瞄中了另一个猎物，是货柜顶的小海鸥。

白腹鹰将军飞近货柜顶，小海鸥立即本能地展翅飞高，二鸟展开一场追逐。

白腹鹰将军唱："吐出来！吐出来！"白腹鹰将军追着攻

击小海鸥，迫着小海鸥吐出已吞入嗉囊中的小鱼。白腹鹰将军强行抢食后，小海鸥还是遭到猛烈啄击。

作业渔船上的驾驶舱内，船长正向儿子解释仪表：“这红色表示水底下有鱼群游近。”女儿见船舱外浪高，船身簸动，脸上显出担忧恐慌。

天上下起核桃般大的冰雹，渔船在风暴里险象环生，鸽使者被冰雹击中，脚肢骨折，晕倒坠地。

印尼裔船长掌舵，通过无线电频道呼叫：“加朗位于马鲁古群岛，以每海里228度的方位漂流。”

船主急忙用卫星电话呼叫海岸搜救队前来。

突然遭巨浪冲击，船身受损倾斜，机房水手忙着抢修裂开的燃料舱。船长见形势极为险峻，将求救信号升级：“嘭嘭、嘭嘭、嘭嘭，加朗位于马鲁古群岛，引擎失效，暴风中，打算弃船，打算弃船，Over！”

船长决定弃船，急速放下救生艇。

无线电传来：“救援队很快抵达，请保持冷静。”

黑夜狂风雨中，众人在海浪中浮浮沉沉。

船主：“为什么直升机这么久还没到？”

坐上救生艇的女儿问：“爸爸，我的月事来了，鲨鱼会不会闻到？”

儿子不耐烦：“你真麻烦！”

幸好澳大利亚海岸救援直升机赶到，放下吊梯，逐一救起众人。

滔天巨浪席卷而来，白腹鹰将军立于礁岛乱石堆中，感到无比兴奋：快要进入信天翁领域，迎战这毕生宿敌！

海风劲吹，惊涛拍岸。柱石悬崖海岸崖高如神殿，白腹鹰将军降落海蚀岩柱平台。

圣战在即，白腹鹰将军对着大海："昼夜与海洋共对，总会过去。无尽风尘、暴雨，视作等闲；天意挫折磨炼我，困难撑住，无虚度口辰。胜利来临，终会夺目耀眼，总会闪耀生辉！"

I have confronted the ocean day and night.

This showdown too will pass.

Endless wind and dust and rainstorms.

Piffling hindrances all.

The Heavens temper me with setbacks, and I've dealt with these challenges.

My time here on earth has not been in vain.

Victory nears, and it shall be dazzling and glorious,

Dazzling and glorious!

海面上狂风怒吼，巨浪滔天。空中飘浮发光球，球体停在半空爆裂、停动，又移动，突然又爆裂消失。风浪大起，闪电、雷鸣间，远处时黄时橙、时暗时白。

阵风将油污吹散，污染面向外扩大，海面上漂着多条泄漏的燃油带，海鱼在其中沉浮。在空中盘旋的五六只饥饿的白腹鹰兵，雀跃大喜唱："是食物，不用费力寻找，太好！开餐了！"便抢先争食。

骤然间，鱼是含在喙里了，但部分鹰却动弹不得，羽毛粘上油污，无法脱身，浮沉于污油海浪中。

豪雨如注，又刮起烈风，鹰兵浑身湿透，直打哆嗦，纷纷飞上货轮。

白腹鹰将军眼见同胞被巨浪吞噬，脸容僵硬苍白、冷冻麻木。他忽然内心深感恐惧，深沉地对战友唱："在途上患难与共，过往飞越岩群冷沙，在磨难中成长，熬过痛苦总顽强，乘风飞翔，穿越深渊，还能鹤立巅峰，如今豪雨浓雾，竟看不清前方。"

白腹鹰将军突然压低声调，扪心自问："为何竟觉恐惧？难道是预告？预告我死神将临？"

他赶快飞身藏进货轮上一个破木箱里冷静思索。木板夹缝间，他闭眼片刻，终于想通了。他猛地瞪大双眼，冷若冰霜。

"安逸只会消磨斗志，只为渴望而活而战，为所信而想，为所愿而奋力作为！鹰愿如是，亦应如是。岁月如海潮流逝，怎可留恋往事？何惧孤寂，孤身只影，是宿命？是王者的宿命。谁在主宰一切，月明白，星能懂，成就大业，荣耀与羞辱，它自会安排。看！浪花如我疯狂，有谁如我疯狂？有何惧？有何怕？沉寂夜，沉默迎战，交锋之战，有何将失去？有何会输掉？此战求死，只求死，虽死犹荣，只求死！"

海蚀平台柱石崩崖上，浮沙碎石塌下，坠入崖底海潮。黑夜狂雨中，隐闻鸟啼喧嚣，远处屡现白点，白腹鹰将军定睛凝视，是信天翁军飞近，亦是这生宿敌飞近。

信天翁军展开狭长的双翼，随着高空气流上下飘举、滑翔。身体左倾右斜，低飞掠过海蚀拱门，又迎风爬升，骤间飞翔百里，白腹鹰军士兵皆叹为观止。

信天翁军加快速度俯冲向下，与鹰军在海面交锋。

信天翁军在空中不断变阵，一会成横阵，一会再斜列成梯形阵。信天翁军面向白腹鹰军，迅速直冲撞毁鹰阵。白腹鹰军不敌撞击，信天翁群转为纵阵排列，侧向直冲鹰群。

荒岛杂草精灵唱：“他年轻、勇敢、喜挑战，但是有极限，是体能的极限。付上代价，将付上生命的代价。”

信天翁军转为半圆阵形，与白腹鹰军正面对峙，又忽然变阵包围。白腹鹰军未能突围。信天翁军又转为线式，先分割鹰群，再从后包围鹰群，最后合围成一圈，把中间被困的鹰群置于腹背受敌的局面。

信天翁军多番变阵，白腹鹰军伤亡惨重。连番激斗后，白腹鹰军遭到毁灭性打击，终于狼狈逃散。

取胜的领头信天翁将军，飞上万里高空，高亢痛斥：“囚禁海鸟，杀戮无数，候鸟宿敌，今日必亡。”

信天翁群：“海上霸权，用实战巩固。”再列成“V”字形队，以高速撞击白腹鹰军，将鹰军队伍切断。鹰军阵形混乱，信天翁又再迂回飞返鹰的后方，阵形灵活，变阵神速。白腹鹰军失去固定阵形后，阵亡更多，士气消磨殆尽。

信天翁乘胜紧跟追杀，无论在指挥、战术上均更胜一筹。好几次贴身搏斗，白腹鹰军士兵相继坠落海浪中，精锐尽丧。信天翁军追逐在后，鹰军溃不成军，阵形被彻底破坏。

破晓时分，残余鹰军逃回离鹰岛不远的石礁荒屿。

白腹鹰将军见天边红日飞来一片黑影子，他驻足崖壁看清楚，再用啼声相认，终于确认是幼鹰救兵自天边赶至，欣喜之余，顿觉这是奇耻大辱。

白腹鹰军将疯狂地发出再战信号，妄图作垂死一战。这突然而来的军令，令落荒而逃的伤兵心中犹豫不决。

勉强再奋战，信天翁军猛烈乘胜追击，鹰军残余完全丧失战斗力。

岛上死鹰遍野，景象凄惨。再次重创的残余鹰军逃入岩柱崖下的海洞石室。

一望无际的浩瀚大海，波涛汹涌，气势磅礴。柱石悬崖下巨浪翻涌，翡翠般晶莹的海水，清澈通透。

信天翁军正欲入海洞，生擒重伤的白腹鹰将军。但见卡鲁娜飞降石柱，信天翁群飞走。

卡鲁娜在石柱中找寻，听到斑尾塍鹬哥哥在叫唤。她随声音踱进洞隙，崖壁里的斑尾塍鹬哥哥大喜，卡鲁娜提前赶到，他把她迎进海洞。风高浪急，海浪撞击，响声轰烈。

但卡鲁娜说要去见白腹鹰将军，斑尾塍鹬哥哥大惊阻止。卡鲁娜见巨浪起，按捺不住，猛力打昏斑尾塍鹬哥哥：“我心意已决，白腹鹰将军不死，囚鸟不断。”

卡鲁娜对两个小精灵呼唤：“一会儿看见什么都别出来，我等了好久才等到今日。记着生存，活着为找寻爱、享受爱，亦为延续爱，好好活着。”

卡鲁娜踱出海洞口，烈风卷起稠密的浪花，波浪完全被狂风吹成白沫，海平面变成白茫茫一片。巨浪咆哮，奔腾滔天，波峰猛烈翻滚，空气中只见汹涌波浪化成泡沫、水滴。

卡鲁娜唱：“无论你在平原荒地，或是高山峻岭，是老迈难飞，还是初生于世，我即将消失，消失于浪花波涛中。如你能听见我呼唤，听见我在这狂风中的呼唤，请与我同生，与我重新诞生，醒来时，于林间花丛下重聚。”唱毕，她往前方崖洞踱去，天边信天翁在烈风中凝目关注。

No matter where you are,

on a deserted plain or a mountaintop.

If you are elderly and fly with difficulty,

or new to the world.

I will soon disappear, lost in billowing waves.

If you can hear my call amidst these violent winds,

then please be reborn with me.

When we awake,

we'll be reunited under the flowers in the forest.

海洞内，白腹鹰将军依附着岩石，低头痛楚呻吟。

白腹鹰将军抬头见来者是卡鲁娜，开怀笑：“你来得好！好！过来扶我！”

卡鲁娜：“我来接你回去。”

白腹鹰将军身受重伤，将翅膀依靠在她身上，吃力前行。

“我错了，输了战术，我只是粗野残暴之徒，不应带鹰军

出海岛。长途飞行疲劳，让作战能力下降，最后竟赔上性命！如今胜负已定，论机动灵活，我军望尘莫及，甘愿摔死于岩崖壁上，终我一生。评我光辉事迹，曾轰轰烈烈，眼下无回头路，已无回头路。”

白腹鹰将军低沉地回想这次战败的原因，他唱：“这是为什么？为什么会败军至此？是……绝对的力量……是你！是你看见这一切，你知道一切都在发生，是吗？好吧！要不成就我，要不埋葬我？把我埋葬至最黑暗之处，我不想见阳光，不想见月亮，不想知道，不想再见到，我已尽了全力，为何失败？不会，不会失败！除非是你！绝对的力量！是你在愚弄我……不！不！我是王者之尊，我必须牺牲，我绝对的力量，天鹰鸟神可作证！你站在我身旁，与我并肩，你！我绝对的力量！我的天神，倘若我身体沉落，就取缔我生命吧，再重生新生命，让我的灵飞吧，让我的魂再生！对，为了下次胜利，不要身躯，我无须存在，我无须生存，灵飞高，魂更高，飞吧！我是统治者、唯一的皇者，唯我能领军闯荡。愚民无知，我绝对的力量！你见证这些，知道明白一切，绝对的力量！要不成就我，要不埋葬我？”

白腹鹰士众伤心痛哭。

白腹鹰将军：“眼泪释放封闭，释放积怨。死是肉体的死，是灵的释放。上天怜悯，死后更上蓝天白云，自由飞翔。告别所有，毁灭后重生，死有何惧？死是一种释放，是一种彻底转化。我永不消失，遗憾此躯壳无力，无法助我完成大业。

勇者何惧？勇者无悔。毁灭等于重生，即使跌进万丈深渊，亦乐得灵上云天！”

卡鲁娜见白腹鹰将军败军如斯，仍嚣张如此，她索性告诉白腹鹰将军，鹰岛已被黑凤头鹦鹉乐师伙同被俘鹦鹉首领占领，黑鹰王命令她来通知，回师平息兵变。

残余鹰军听毕，认为不宜久留，因担心信天翁群再袭，而且幼鹰兵将至，为免伤及幼儿，应即撤离。

白腹鹰将军：“好！药师，来扶我吧。现在就回去。”

残余白腹鹰军逐只踱出海洞口，立于崖壁乱石阵。浪花疯狂拍打上岸，烈风刮面。群鹰见天边阴暗，密密麻麻的海鸟飞至，脸色纷纷沉重起来。空中满天候鸟鸣叫，白腹鹰将军问：“这是怎么回事？”

卡鲁娜冷语回话：“鹰王的安眠草、你的解痛烟、鸽后的灵水混合最伤心的眼泪溶掉攀藤，千只海鸟飞出囚谷，亡灵自由了，囚鸟自由了。看！不就是一只等爱的留鸟干的吗？”

残余鹰军大惊，感到基业被毁，大势已去。伤众发出怒吼，他们冲向卡鲁娜，将她推撞倒地，高声嚷着“杀了她”。伤众把卡鲁娜的头紧紧挟着，使劲将她推挤到岩壁，再摔下地。卡鲁娜感觉体内肋骨断裂，她不停咒骂白腹鹰军，伤众围殴卡鲁娜。

白腹鹰将军坦陈：“放开她，你等的他早已被我吃掉！”

白腹鹰将军安抚怒众：“伤鸟飞不远，是伤鸟……”

满身伤痛的卡鲁娜瞄见海洞口外，尘埃扬起，她口吐血沫："你忘了我是药师。"

海中心漏斗状的气流直立空中，快速旋转，上接雨云，下接海面。蓝色水龙卷向前方移近，伴随雷暴闪电，横扫将至。

白腹鹰将军："绝对的力量，为何你任其发生？绝对的力量，一生战功尽废，活着何用？干脆你将我带走，将痛楚带走，我不想再忍耐啦。"

卡鲁娜凄凉地笑了。

白腹鹰将军问："为什么还留下？"

卡鲁娜痛苦地椎心泣血："释放了囚鸟，毁你基业，再把你杀掉。"

白腹鹰将军仰天狂笑，激动得颤抖踱步，高声尖叫："疯狂的是我。"

卡鲁娜终于释怀："等尽风景，寻回彩霞。"

卡鲁娜使出全力疯狂扑向白腹鹰将后背，将白腹鹰将军抱紧，猛地推出海洞，借旋转风力，将白腹鹰将军拉入水龙卷中！

斑尾塍鹬哥哥赶到海洞口，大声喝止。伤众欲阻止拦截，群鸟纷纷被水龙卷的暴风卷起。

卡鲁娜的瞳孔里，倒映着百万年前的小树精，跪在迪前。她的话是："一定化身小鸟，毁灭鹰。"

灵被释放，一切还原！是光的路、光的海、光的零星小岛、光的天空、光的云彩、光的星河灿烂，延续光的追随。

海底断崖起了震动，海面翻起巨浪，狂风将崖上的树连根拔起。

浪一个接一个，袭击低洼环礁。礁石堆里冲出被淹死的海鸟，包括觅食的鸽使者。遗骸随洪水漂流，山泥倾泻，遍地泥泞和塌树，惊恐无助的迁徙候鸟待在树枝上，眼皮下泥石洪水冲走鸟尸。

黑暗将结束，暗淡的星星伴着弯月，曙光微弱，日出即将来临。又一只痛失孩儿、伴侣的候鸟，伤痛地在礁石滩上徘徊，踱步走向大海，游进海洋，用海水洗刷悲伤，让泪水溶入大海，包容这世上种种不能承受的悲怨。

夜空中的流星、陨石颗粒愈来愈多，高速坠落、跌下，莫非如《百鸟悲歌图》所预告的，流星坠落之地，正是巨树所在？

晨光初现，海面平静。两个小精灵于岩缝中目击一切，她们从壁隙中踱出。她们经历恐怖、暴力、至亲消失之痛。

小鹬精灵唱："如果我能长大，可以的话不再迁飞，可以的话做留鸟。同样的森林，同样的水流，即使乌云浓雾，尽管看不见星光，亦不会迷路。迷路就是死亡。如果我能长大，每天在同一块草地玩耍，做美好的留鸟，留在同个森林。不再在日光下无助，月光下惊怕。"

小绿鸟精灵唱："留在同一个森林，如果能长大，如果能顺利长大，望和至亲一起。日光下一起，月光下一起。最少待我长大，请陪伴我长大。可是这梦想，已不能再见妈妈。这梦想永不成真。"

信天翁群飞至礁石滩，护送两个小精灵，鸟眼中的地磁图正在导航。

万里晴空，淡红偏蓝。风吹云霞，重叠飘移。

荒岛上，海草精灵伴随擎天石柱，屹立沧海，目睹鲸群迁徙、海鸥追逐，偶有货船徐徐经过。

海草精灵见证候鸟百万年之间夜日以继地向南飞，飞往遥远的漂移陆地。他们在风中含泪唱咏：“万千变幻，约定没忘，海鸟乘载希望，去续承诺，去践巨树之约。万千变幻，唯爱没变，海草和海鸟去践约，去实现冈瓦纳之约。”

第六章

巨树种子被人抢夺

A Human Unwittingly Comes into Possession of the Giant Seeds

6.1

新西兰的第一夜

窗外的街道很宁静。妈妈用毛巾包着头，在二楼的厨房洗碗碟。

加宝正在三楼浴室内洗澡，突然公寓的灯全熄了！

加宝：“啊！发生什么事？好黑啊！”

妈妈：“乖女儿，别怕！难道开关跳闸？”黑暗中妈妈冲上三楼。

加宝：“好冷啊！水是冷的。”

妈妈：“你身上有沐浴液吗？”

加宝：“有一点！”

妈妈：“挑战来了，妈妈用冷水帮你抹干净，没有选择，只能这样！”

加宝：“好冷啊，妈妈！”

妈妈：“忍一下。”

加宝：“毛巾呢？”

妈妈：“别找了，妈妈头上有！”

加宝：“水好冷啊！”妈妈快速地用冷水冲掉她身上残留的沐浴液。

加宝：“快开灯。”

妈妈：“我不知道总开关在哪儿，又没电筒。”

狼狈好一阵子后，两人终于靠着墙，从三楼走下二楼。还好二楼露台外的暗黄小灯还亮着，微微照亮起居室。

妈妈：“感谢上帝，真幸运！开关跳闸，还留了盏露台灯给我们照明！”

妈妈：“幸好没有两人一齐洗澡，否则就更难处理。今晚就睡这吧，你看，地热正常，暖炉正常，又有露台灯光，不用怕！”

加宝：“被子呢？”

妈妈：“多着呢，楼上楼下房间都有。”

妈妈摸黑上楼，取了被子、枕头放在客厅的沙发上，又将露台上的黑藤沙发拼在一起，布置了张舒适柔软的大床。

妈妈给加宝倒了杯水：“喝口水，睡觉吧，明早要去学校报到。”

加宝选择睡在客厅的沙发上，她提醒妈妈：“妈妈，明天要买手电筒。”

妈妈：“好！我反而担心明早楼下车库门怎么开呢！早上开不了车，怎么带你去学校报到呢？”

加宝：“怎么办啊？”

妈妈：“放心，我现在发短信给管理公司，叫他们上班就来帮我们打开总电闸开关。”

加宝：“我好怕。”

妈妈：“乖！不用担心，睡吧！”

妈妈从雪茄盒内取出粗管子，再从那管子里拿出雪茄，倒了杯香槟。粉红色气泡上升，泡沫溢出，妈妈喝一口，走出露台，点燃雪茄，坐在藤椅上仰望玻璃天幕外。

加宝咳了一下：“好臭啊！”

妈妈：“最后一支。”

加宝：“如果我发现你再抽一支，就要处罚你了。”

妈妈：“好，但这是放松心情的。你写完日记了吗？”

加宝：“写完了，我写了关于你的。”

妈妈：“真的？”

加宝：“你应该睡觉前看看。”加宝用妈妈的口吻说道。

妈妈：“好的，答应你。”

妈妈喝了口香槟：“加宝，在你心目中，怎样才算是个好妈妈？”

加宝：“好妈妈要送我去学校、要准备午餐——不是学校买的午餐喔、要接我放学……还有BCS！你要B学会烘焙Bake，C学会煮Cook，还有S学会给我Surprise惊喜，大多数同学的妈妈会给小朋友惊喜，但你从来没有给我惊喜。”

妈妈：“好！那我要记着BCS这新口号。”

露台玻璃间内，透进寒意，天上繁星璀璨。

妈妈

她是一个

抱我紧紧的（很快）

写字快快的（很快）

讨厌朱古力的（很快）

但爱算术的（很快）

不停思考的（快）

有时候（慢）

她会是一个……（慢）

能分享……（慢）

又关怀……（慢）

有爱心的……（慢）

妈妈（快）

加宝六岁

同样的清凉夜里，繁星下荒岛礁石滩上，卡鲁娜双腿布满焦痂、肿淤、水泡、溃疡，像被火严重烧伤了。她睁开眼睛，见斑尾塍鹬哥哥守在身旁。昏迷苏醒过来的卡鲁娜问：“你还没走？”

斑尾塍鹬哥哥：“说好一起走。”

卡鲁娜叹气呻吟，试着转动双爪：“我如此残躯，哪能飞离？”

斑尾塍鹬哥哥轻抚卡鲁娜脸庞：“完美的你，我要。残缺的你，我也要。”

卡鲁娜感触眼泪盈眶：“有爱，更不能拖累你。”

斑尾塍鹬哥哥肯定地回答：“有爱，更无法放弃你。”

卡鲁娜心生歉意：“拖累你留下踌躇。”

斑尾塍鹬哥哥抹去她滴下的眼泪：“离开会更痛苦牵挂。”

卡鲁娜疼痛难忍，斑尾塍鹬哥哥助她前移身躯，躺卧在近岸岩石泥滩，让刺痛的双腿、脚趾浸泡在海潮浪涛中。

斑尾塍鹬哥哥：“让海水浸泡伤口，除掉溃烂表皮后，痛楚就没了，我们再飞吧。”岩礁泥滩上，卡鲁娜上半身依着哥哥。

卡鲁娜：“你对我太好了。”鸟头埋进他怀里。哥哥轻抚她眼角绒毛。

斑尾塍鹬哥哥：“当下与你活着，在你身边，这最重要。”

夜风中的哭泣，尽是感激。

卡鲁娜叹息：“是我……拖累了你。”

斑尾塍鹬哥哥：“你的使命让候鸟敬仰，在天鹰星眼皮下释放囚鸟、亡灵。”

卡鲁娜笑了：“埋伏多时，总算完成了使命。”

斑尾塍鹬哥哥：“现在可以重做候鸟。”

卡鲁娜：“以前从不敢想。”

黑夜里，两只鸟相视而笑，在海风中互相依偎，分享这世上最幸福、温暖的分秒。

6.2 新学校，新的家

清早，阳光非常柔和，学校操场周边的矮树落下深褐、淡黄、橙红的满地碎叶，草地上满布露水。

马路上，胖叔叔带着两个高年级同学穿上荧光橙安全背心，手持一条约两米长的横杆，挡着车道上的汽车，让单独上学的小朋友安全过马路。

学校后门小道上，男孩背着书包，哼着毛利字母歌，蹦跳地走在前。男孩的妈妈推着双人婴儿车跟在后面。陆续多了提早回校的小学生，有草地上跑着的、坐着的、玩滑梯的、攀架上的。

紫水鸡气势汹汹地朝着绿头鸭群猛冲过去：“这群废物，总不长脑筋！磁光可疑，他们说百万年的巨树种子快上岸了，叫你们去海滩看守，你们却总在泥地流连，会飞又有什么用？总是坏大事！还天天做蠢事，非得好好教训你们这群笨蛋不可。笨蛋！坏我大事！笨蛋！整天专坏大事！”

绿头鸭们惊怕逃离，怒气难平的紫水鸡涨红了脸，见地下蚯蚓便使劲追杀。蚯蚓赶紧逃入泥地深处，但已被吃掉部分身躯。

二楼起居室外，是波光粼粼的湖泊，湛蓝色的湖水，座座重叠的山峰，山顶铺着未融化的白雪，多条细长白云带轻浮山腰。

加宝："我的早餐呢？"

妈妈："吃麦片，已放在车上。"

妈妈催促加宝上车，替她取了袜子和外套。两人下楼来到车库门口，被行李箱挡着去路。

加宝："我都说把行李箱搬上去，我要跨大步，才进得去车库。"

妈妈："搬上去？你一会儿上了学，妈妈就要搬行李去新家呢。"

两条蠕动的肥蚯蚓从上升的车库门掉在地上，受了惊，继续急速地爬行逃离。

车上，妈妈拿出纸条，按照地址，在卫星导航系统上输入街道名。

妈妈："怎么学校地址没有街号？唉，随便！就15号吧。"

她看着倒后镜倒车，哔、哔……倒出车库，倒出人行道，倒出车道，突然"咔"了一声，车好像被什么东西卡住了。

妈妈："啊！撞到什么啦？"妈妈立马下车，俯身看车底。加宝也下车，站在路边。原来草地上有一块手掌高的石柱子凸了出来，刚巧卡进车底。

妈妈：“我们要迟到了。怎么办呢？这个我没能力处理啊！要把车抬起才行。唉！这车还是租的呢，这次要赔钱了。”

行人道不远处，有一位爸爸领着两个小孩走近，应该是送小孩们去上学吧。他主动走近妈妈，问需要帮忙吗？妈妈如遇救星。

他像个大力士般，把整辆车抬起，跨过那小石柱再把车子放落地上。妈妈向他一再道谢，催促加宝上车。

妈妈：“这车身真轻，你看那叔叔一手就提起了。要是出什么意外碰撞，开这车真危险……你别停啊！赶快吃麦片。”

加宝赶紧往嘴里送一口麦片。妈妈一边开车，一边不知从哪里取出发卷，卷起几束头发。

妈妈：“加宝，这里只有妈妈和你。以后只有妈妈照顾你，你要乖。”

加宝：“妈妈，我想这是好机会，你学做一个好妈妈，你从来没接过我放学。”

这话妈妈不回应，自顾自地继续说：“这里不同香港，虽然在香港你一年级没上完，但是你的年龄在这里是上二年级的。而且这里一年分四个学期，所以假期多，下星期就是学校假期。这星期还有两天课，你先认识一下同学们。学校假期里，你想学点什么吗？”

加宝：“假期放多久？”远处山顶被白雪覆盖。

妈妈：“放两个星期假，去学滑雪好吗？妈妈一会上网找些滑雪课程资料。”

妈妈不知从哪里取出了支润唇膏抹嘴唇。

加宝：“我学也可以，但是有什么奖励？玩具可以吗？”

妈妈：“你的玩具还不够多吗？”

加宝：“玩具对小朋友很重要，高兴、伤心都想要玩具！小朋友每天都要碰下、玩下才可以的。”

妈妈：“你什么时候不再要买玩具啊？”行人道上两个大人在抽烟。

加宝：“永远不会有这天，就像爷爷不会不吸烟，你出门就会涂唇膏一样，是不容易改的！”

妈妈：“一会儿放下你，叫租车公司送辆欧洲车来。”妈妈没有回应加宝，自顾自地把她的困难讲出来。

汽车驶过河岸，沿路看见幢幢漂亮的河边别墅，还有被浓浓雾气笼罩的五彩树林，凄凄迷迷。妈妈开了车内的暖气。

妈妈：“加宝，雾气配上这么多颜色的树木，你瞧多美！这种景色在香港看不到，真像油画。”

加宝：“什么是油画？”

妈妈：“用油彩画的画。加宝，妈妈希望你能说‘完美的’英语，不是说‘好的’英语。”

加宝：“我知道。”

卫星导航系统说：“五百米后左转。”

妈妈左转了。

卫星导航系统提示：“现在重新计算。”

妈妈：“啊呀！提前转了，应该下一个街口才转。”

加宝：“妈妈转回去。”

妈妈：“没关系，系统会重新计算。”

卫星导航系统：“下一个五百米左转。”

妈妈：“应该是这一个了。”

加宝：“妈妈……”

妈妈：“妈咪在找路时你不要讲话，还有八分钟才能到学校。”

加宝看见屋顶有一群红嘴鸥。车窗内，她的目光与海鸥对视片刻。

红嘴鸥懒散地享受着早晨的阳光：“美丽的丛林，温暖的湖水，这里的鸟，多不会飞；这里的天，天蓝云低；这里的河流，平静安逸。美丽的地方、温暖的地方、丰盛的树林，这块安稳之地，是我们的天堂。”

The red-billed seagulls are at leisure, heartily enjoying the morning sunlight.

The forests are so beautiful, the lake water so warm.

Most of the birds here are unable to fly.

The sky is so blue, the clouds so low.

The sky and the rivers here are so peaceful and comfortable.

Land of beauty, land of warmth, thriving woodland;

This land of peace is our paradise.

加宝听着群鸟鸣叫："鸟怎么知道去哪里呢？他们是不是也有个卫星导航系统在小脑袋里？"

妈妈："你学了方向吗？"

加宝："学了，北东南西。"

妈妈的手机响了。

加宝："妈妈，开车不能讲电话。"

妈妈："你接听吧，你问他是谁？"加宝拿起手机接听。

加宝："喂，我妈妈在开车，你是谁？加文？伊顿管理？"

妈妈："他要交新屋的钥匙给我。"

加宝："他说会放进信箱，他要后天才回来。"

妈妈："好，说谢谢他。"

加宝："谢谢，拜拜。"

妈妈驶进了学校停车场，刚停进车位，加宝："等等！"她用笔在妈妈手背写上"来接我！"

妈妈称赞这留言提示真好，因为她没有接加宝放学的习惯。

妈妈把发卷取下，用手指扫散卷过的头发，再看看加宝走在前面，头发随小脑袋左摇右摆显得相当奔放，妈妈连忙用手指替她前后左右扒梳了几下。

妈妈："从你的发型，就看得出你的妈妈不是全职的妈妈。"

妈妈提着书包跟在身后："这是你的书包，不是我的手袋，你要负责拿啊！"加宝嘟起嘴，背回书包。

母女俩径直往行政楼走去。大树垂落根须，跌坠草地；小鸟叽叽喳喳，吵闹追逐，将绒毛、干果抛来踢去；数只本土雀图伊鸟在玩耍。

加宝往上望，目光与图伊鸟对视："我想，它们应该在踢橄榄球。"

妈妈对接待台的女士说："早上好，我找阿普顿先生。"

这时，刚才拿横杆帮小朋友过马路的西装胖叔叔，脱下荧光交通安全背心，走出校长室。

阿普顿先生："早上好，你是高莎？"

妈妈："早上好，你是阿普顿先生？真不好意思，我们迟到啦。"

阿普顿先生："没事，这是你在新西兰的第一天吗？"

妈妈："对，我们昨天刚到。"

阿普顿先生："你今早有时间吗？"

妈妈："有。"

阿普顿先生："来吧！让我带你四处看看。她会英语吗？"

加宝（用英语说）："我叫加宝，很高兴认识你。"

阿普顿先生："好，加宝，让我带你去你的教室。"

加宝："是二年级吗？"

阿普顿先生："是的。"

妈妈跟着阿普顿先生步出行政楼，加宝跟在后面。这里的教室都是平房，教室都编了门牌号。

网球场上，老师们提着个小桶闲聊，低年级的小同学们围着球场跑圈，每跑回老师处，都会伸手在桶里抽一个小礼物。

有个女孩迎面而来，她扎着根又黑又粗的辫子，手持迟到黄卡。“早上好，阿普顿先生。”女孩向校长打招呼。

阿普顿先生：“普嘉，早上好。”这名叫普嘉的南亚女孩，用她的大眼睛上下打量加宝，加宝亦盯着她，直到她擦身而过。

加宝：“妈妈，她不穿鞋子。”

妈妈：“是，我看到了。这里的小孩很自由，还不用穿校服上学。”

走到16号门牌前，教室门口放着大堆鞋子。里面约有二十多个小孩，赤脚坐在地毡上，面向着老师。老师坐在小凳子上，身边有一块白板。

这时，一个“超卷发”的黑皮肤小女生从教室里走出来，她乖巧地向校长打招呼。

阿普顿先生：“你叫什么名字？”

女孩：“我叫芝芝。”

阿普顿先生：“芝芝，她是加宝，今天是她第一天上学，你可以照顾她吗？”

芝芝爽快地答应了。

妈妈：“加宝，我三点钟在这教室接你，不用担心，勇敢些。”

阿普顿先生：“加宝，没什么需要担心的，进去吧，你会没事的！”

加宝把书包放进门外的书包格子里，脱了球鞋，走了进去。老师正用手提电脑点名，加宝选了空位，坐在地毡上。

布克太太："你叫什么名字？"

加宝："我叫加宝。"

布克太太："谁想做加宝的伙伴？"

有两个小女生举手，其中一个是刚才见到的大眼普嘉，另一个叫凯琳。

凯琳穿着白T恤，粉红的窄身短裤，直长金发及腰，额前刘海整齐。

布克太太问："今天谁当老师的助手？"

男孩里安举手走到投放机幕前，把没进教室的"小青蛙们"点染上青色。

校长领妈妈回到行政楼，办理完注册登记手续，便送妈妈走出行政楼外。

这时候，在滑板车停放区外，高年级同学们光着脚从校门外回校。

校长："这是越野跑练习，每天跑二十分钟。"

校长解释全校每个班级都要练跑，几个月后，将是联校比赛。

教室里，布克太太说："我的朋友是杂志《超级小孩》的编辑，如果你们哪个写得一篇好文章，我可以交给他，那你们的文章就有机会登在杂志上。"

男孩里安问："有没有钱呢？"

布克太太："我们不讲钱。我的朋友告诉我，他们将送一篇我们班上同学的文章，刊登在下月的月刊里，大家猜猜是谁写的？是萨利娜·宋。"

韩国女孩萨利娜："天啊！这简直要了我的命。"

加宝："为什么？如果我是你，我会绕着整间学校尖叫，跑圈一周。"

里安："垃圾，与萨利娜的脸相比，你的脸超大。"

加宝心想："你叫谁垃圾呢？真不懂礼貌。"

里安感到自己被无视了，涨红了脸："垃圾，我说比起萨利娜的脸，你的脸超大。"

萨利娜帮忙制止邻座男孩里安的挑衅："闭嘴。"

时钟显示还有两分钟便到早上十点的早茶时间。

里安跟圆桌上的其他小朋友说："还有两分钟就自由了。"

布克太太补充："你要是不合上嘴巴，将没有自由。"

下课铃响了，每个小朋友都取出点心盒，开始吃。

乐奇小姐走进教室问布克太太："你有止汗除臭剂吗？我可以借用吗？"

布克太太指向柜子那边："我有，在那里。"

乐奇小姐取了止汗液，向她自己双腋下喷、喷、喷！再对着班里的小朋友们，摇摇，逗逗，再摇摇她自己紧压的双臂腋下……看懵了的小朋友们，个个嘟起圆嘴，点心盒也掉在地上。

乐奇小姐问："你没事？"

加宝平静地拾起点心盒："我没事。"

萨利娜："我的天啊！真不敢相信，她会在全班面前做这事，我真不敢相信，老师会这样粗鲁。"

加宝认同。

布克太太离开教室，同学们也跟着跑出操场。

加宝看见里安在布克太太桌边徘徊，他正捣蛋呢。

后来，在教室外的绳索攀爬区，男孩里安追逐加宝、萨利娜和凯琳。加宝跟里安说，要是他继续追逐她们，她会去告诉老师。

加宝：“我看见你故意弄湿布克太太的时间表。”

里安：“那又怎样？垃圾，你想打架吗？我给你第一拳吧。”

里安挥舞拳头，落在加宝肥嘟嘟的圆脸蛋上。

加宝：“好！我会还你第二拳，不用手，用口，我现在就去告诉当值老师。”

操场上，加宝找到布克太太，她指手画脚地比画着从“垃圾”至“拳头击脸”的事件始末。

布克太太：“他一定是喜欢你们其中一个，想吸引你们的注意。”

加宝跑回去找男孩里安：“布克太太说你一直盯着追我们，是因为你喜欢我们其中一个。”

里安：“垃圾，老师总是这样讲。”

里安跑开了，跑向操场另一端的树丛角，爬上树屋。

加宝双眼亦没放过他：“他爬上那树屋做什么？”

凯琳：“我猜是去欺负小鸟吧。”

加宝：“他不怕小鸟？”

芝芝：“有谁会怕小鸟呢？”

加宝："我……"

凯琳："鸟会听到你说，然后就会欺负你的。"

加宝："不！"

操场上，维多利亚说想玩"女王和她的芝娃娃"游戏。

维多利亚对芝芝说："芝娃娃，你去那边把我的手袋拾起来。"

芝芝："不，今天我想扮女王。"

维多利亚："不行，我的名字是维多利亚，而你的名字是芝芝，所以你应该扮芝娃娃。"

加宝："你的名字是维多利亚，也不是说你可以一直扮女王，芝芝也想扮女王，我们应该轮流扮。"

维多利亚问："你是谁？"

加宝："我的名字是加宝，我是新来的。"

维多利亚："我正跟芝芝讲话。"

加宝："我知道，我在跟你讲话。你也知道很多人叫戴安娜、维多利亚，她们是不是全是公主、女王呢？"

维多利亚说不过加宝，无奈地说："好，行！今天芝芝扮女王。"

维多利亚展示她的美彩指甲油："看，多美！你有吗？"

教室里，布克太太关心地询问加宝："里安有没有向你道歉？"

加宝："没！他还没有。"

里安："有，我有。"

加宝：“有什么？你有对我做什么？”

里安垂头：“好了，我说对不起了。”

妈妈离开学校后，便开车回公寓，把行李搬上车，开往新家。途经河边滑板车店，妈妈选了架桃红色滑板车，再向店主要求在前面加个白色碎花篮子。路旁停着辆卖鲜花的货车，妈妈买了大束鲜花，她满脸轻松愉快，再驶去学校附近超市：“照顾小朋友，食物不能少。”饮料区、零食区、冷藏区、熟食区、酒区，妈妈选购的货品载满购物车。在收银处，她又取了支彩虹棒棒糖。

新家就在学校后门附近，这是栋位于宁静内街的两层房子。家门前的花园，斑斓的桃红花树盛开，鲜艳的花瓣撒满前院草地。

从信箱取了门匙后，妈妈走到对面屋去叩门：“克里斯蒂娜，你在吗？”

无人应门，妈妈走回自己的房子。开了门，楼下是客厅、饭厅、厨房、车库等，楼上有主人房、两间客房、洗手间等。推开主人房玻璃窗，窗外是大片的荒废地，杂草丛生，荒野树上亦有树屋，路侧有小径通向海岸沙滩。

晴朗无云，信天翁群护着两个小精灵，沿着狭长的岩石山海岸线，从外海飞向新西兰近岸。信天翁群沿路教导：“要勇敢，要承担，要接受考验……来跟着我们唱。”

两个小精灵跟信天翁群唱：“要勇敢，要承担，要接受考验。不惧怕，不退缩，不逃避，永远向前。”

小绿鸟精灵问信天翁群：“是不是前方的陆地，就是目的地？”

小鹬精灵迫不及待地问信天翁群：“是不是南天，温暖之地？”

门铃响，是运输公司配送从中国海运来的货柜。司机把纸箱从车上搬下来，妈妈请他往楼上搬，他面有难色。

妈妈干脆加给他百元搬运费，司机点头同意。搬了十几箱后，车尾还有纸箱，上面全部盖有“加宝”英文名的红色印章，旁边还加了双翅膀，统统被搬上二楼客房。

有邻居开车路过，下车帮忙与司机叔叔合力把沙发、餐桌搬进楼下客厅，妈妈付钱给司机叔叔，他道谢开车走了。

妈妈与那邻居正聊着，租车公司又送来替换的新车。验车后，租车公司工作人员发现先前送来的车有损毁，要求赔款，妈妈给他信用卡一刷了事。

关门时，妈妈自言自语：“在中国有司机开车，驾驶证荒废了十年，没自己开过车，唯有当这是交速成班学费吧。”

她把刚买的鲜花反转倒挂起来，以前听大学同学说干花就是这样自制成的，她想着今天终于有机会尝试，宽颜笑了。她冲了杯摩卡咖啡，从冰箱里取出罐装奶油，挤出很多在杯顶，弄上几块饼干，抹上蓝芝士，再播放纯音乐光盘，是森林、海浪的乐章。

饭厅玻璃门外草地，本土雀图伊鸟们埋头在泥堆中寻食，妈妈把几块饼干抛出去，不消片刻，绿头鸭群从天而降，图伊鸟群被赶走。

绿头鸭群争下地盆，迅速围成一圈，它们群体态肥满，完全进入忘我的争食状态。

妈妈站在玻璃门内："真是'人为财死，鸟为食亡'。如果是在中国，这群野鸭子，今晚就全成了北京烤鸭。"

面对整屋的纸箱，她开始一件件剪开塑封包装。沙发解开了，茶几、吊灯露出来了。有人敲门，妈妈开门后，跟门外人互相拥抱起来，原来是她的老同学，住对面屋的邻居。

6.3 沙滩上的灯火节派对

下午，教室墙上的挂钟指向两点四十分，布克太太开始总结今天的课堂。同学们围成半圆形坐在地毡上，面向着她。

布克太太："下星期我们就放假了，我希望你们有一个愉快的假期。今天早上我跟你们说下学期有新老师上任，所以要求你们每人写一封信给她。有谁想与大家分享自己的写作？有没有自愿的？"有小孩举手，包括加宝。

布克太太："加宝是新同学，她自愿与我们分享她的写作，我认为这很好，也很少见到新同学这么自信，我们大家给她拍手鼓励好吗？”

加宝站起来，读出写给新老师的信：“你好，新老师！我认为你很幸运能有我在你班上做你的学生，因为我是一个快乐的女孩，我可以将你最糟糕的一天，转化为最高兴的一天，所以你是幸运的新老师。”

午后阳光很强烈，妈妈戴上帽子和墨镜，出门去接加宝放学。路上经过一户人家，门打开，一位身穿南亚纱丽的女士从屋内走出，手捧托盆，将小蜡烛逐支摆放在她家花园草地上。

路边多了接送学生放学的车辆，家长们从各个出入口走向教室，教室墙壁上挂满了同学们的美术劳作。

大眼普嘉正在做分享：“灯火节是让家人在一起，交换礼物的日子。节庆有几天，直到你拿到礼物为止。”

小朋友们反应蛮大：“你真幸运。”

大眼普嘉继续：“这节日是关于明亮对抗黑暗，关于关爱和分享，还有什么呢？哦！月亮会是圆的，我们今晚会有烧烤派对，家人聚在一起吃东西，还会在沙滩玩烟火。”

布克太太：“灯火节是南亚的重要节日，就像我们的圣诞节。如果你们家里庆祝灯火节，希望你们玩得开心。我们知道这节日是关于美好对抗邪恶、真理对抗虚假、明亮对抗黑暗。但蜡烛、烟火，都可能弄伤你们，所以玩的时候要和大人一起。我亦提醒你们做个好公民，对你的兄弟姐妹、邻居负责。我想今天就到此结束，如果同学明天想庆祝灯火节，学校允许大家穿上南亚装束；如果没有，可以穿任何鲜艳的服饰上学。”

妈妈上前和布克太太寒暄了几句后，就带着加宝离开了教室。

走过学校礼堂，里安已换上柔道服，在礼堂外闲逛，等候柔道老师来上课。

妈妈问："加宝，你想学柔道吗？"

加宝毫不思索便拒绝："我不是男孩。"

色彩斑斓的小道上，粉红碎花瓣撒满了两旁草地。

加宝："在新西兰，没有圆珠笔证真好！"

妈妈惊讶："你的意思是，在香港只可以用铅笔书写，直到老师发给你圆珠笔证？"

加宝点头，妈妈从口袋里取出棒棒糖递给她。她开心极了，马上拆开糖衣放进嘴里。

加宝："妈妈，可不可以写张纸条给布克太太，加宝不想参加越野跑练习。"

妈妈："做运动蛮好，人也健康些。"

加宝反应很大："不不！他们送小朋友去死。"

妈妈："这么严重？"

加宝："很辛苦的，我又肥，小朋友跑啊跑啊，跑得个个都变成骷髅骨或背着小棺材。老师只在终点举高旗帜，那是'葬礼纪念碑'。"

妈妈："但是校长说，只跑二十分钟。"

加宝："真的？那太好了，才二十分钟，我还以为要跑两小时。"

维多利亚踩着闪亮的滑板车从身后超越："喂，让开！让开！"

加宝乞求道："可不可以给我买个滑板车？学校很多人用

滑板车！”

妈妈：“那要不要在前面加个小篮子？”

加宝面带喜悦：“那最好不过啦！”

大眼普嘉从身后跑过，告诉加宝，她家今晚的沙滩烧烤派对，如带礼物来，可以和她交换礼物。

妈妈：“今天上课怎样？听得懂吗？”

加宝：“只有少许不懂，他们教的东西都很简单！”

妈妈：“那就好！有没有小朋友欺负你？”

加宝：“没有。但今早那个芝芝要我听她话，我不听！”

妈妈：“为什么？”

加宝：“因为校长让她照顾我，不代表我要听她的话呀！”

加宝再加上一句：“我比她高，我当然不用听她的话，她和一年级学生一样高。”

妈妈：“她叫你做什么？”

加宝：“她叫我坐她后面，我不要，我想坐前面。”

妈妈：“她其实很有责任心。”

加宝：“什么是责任心？”

妈妈：“就是答应校长的事，尽力做到！不过，你比妈妈小时候更会处理事情！”

走进了内街公园，卸下书包的小朋友，已跑出公园溜达。

妈妈继续问：“老师留了作业吗？”

加宝：“没有。老师说放学是要和家人过家庭生活，不会有作业。”

妈妈：“啊！这想法真难得！”

母女转了弯，妈妈对加宝说眼前这屋子就是新家。

“那女孩不就是凯琳吗？”凯琳妈妈正给草地淋水，凯琳也认出了加宝。

加宝：“妈妈，她就是你的高中同学？”

妈妈：“克里斯蒂娜，这是加宝。”

克里斯蒂娜：“加宝，很高兴见到你。”

凯琳：“妈妈，她在我班里。”

克里斯蒂娜问她女儿：“真的吗？”

凯琳点头。

加宝：“这蹦床是你的吗？我可以玩吗？”

凯琳：“那当然。”

两个女孩爬上克里斯蒂娜家门口那张圆形弹簧床，床围安全网宽约三米，两人跳呀，叫呀，不亦乐乎！

加宝瞧见自己家门面，停放着全新的滑板车，还有小篮子挂在前面。

妈妈已经买给她了，太好了！去溜达吧，顺道试试新车！

加宝：“凯琳，想去逛一逛吗？”

凯琳赞同，两个女孩踩着滑板车，周围闲逛溜达去了。

克里斯蒂娜：“高莎，想喝杯酒吗？”

妈妈：“好啊！”

克里斯蒂娜："白葡萄酒？"

妈妈："完美！"

克里斯蒂娜家里，电视正播放着CNN新闻频道，听报道员说：印尼棕榈树园焚烧，山火烟雾波及邻国新加坡……

克里斯蒂娜边倒酒边问："高莎，下星期学校假期，你有什么计划？"

高莎："我在考虑带加宝去学一个滑雪假期课程，你想我带凯琳去学吗？"

克里斯蒂娜："不用，凯琳滑雪技术是可以的了。事实上，下星期我要工作，你介不介意帮我个忙，送她去我父母的农场？她两个表兄弟也会在那里，很吵但也有趣。我父母蛮喜欢趁学校假期让孙子们回农场玩玩，也好陪陪他们。"

妈妈欣然答应，顺路载凯琳去她外祖父母的农场。

紫红色的天空下，大眼普嘉家门外停满了车。庭院、阳台、花园里点上小油灯，蜡烛群火光闪闪。很多亲戚到访她家，普嘉有一个大家庭。

门外沙滩上，普嘉说要堆动物头，加宝试堆城堡，但什么都不像。泄气的加宝想起普嘉说过交换礼物，于是问凯琳："要不要回去准备礼物？"凯琳说好。于是两人扶起搁在行人道旁的滑板车，往回家的路上踩。

妈妈刚开门，凯琳冲前紧紧抱着她。

凯琳："可以给我们一些糖果吗？"

妈妈：“为什么不可以？但是你要告诉我做什么用？”

加宝：“你看，我说我妈妈会给我们。”

妈妈给了凯琳大堆糖果粒，两人连忙包装糖果礼物包。

妈妈将番茄肉酱意大利粉放在餐台上，正问凯琳要不要在她家吃晚餐，凯琳回答：“不用，谢了。”

门外传来敲门声，凯琳和加宝一起去开门。是大眼普嘉。

普嘉：“凯琳，你妈妈说你在这里。你们想现在去沙滩玩烟火吗？”

两人兴奋极了，嚷着要去！

妈妈：“但是现在是晚餐时间，吃完晚餐才去。”

加宝：“我晚一会儿就去。”

普嘉：“那沙滩见，别忘了带礼物来交换。”

大眼普嘉踩上滑板车溜了，原来她是专程来提醒交换礼物这个环节的。凯琳也跑回对面自己的家去。

早已在餐台上开动的加宝，快速地用叉子打着圆圈，卷起意大利粉往嘴里送。

妈妈：“要加点芝士粉吗？”

加宝：“要，好味道，我感到有天使在我头上飞圈圈。”

妈妈走近音响柜，开始播放法文歌。

加宝：“妈妈，你可以陪我去海滩吗？”

妈妈：“你先去，我十五分钟后去。”

加宝：“但你一定要来。”

加宝匆匆吃完意大利粉，拿起台上包好的糖果礼物包，开门放进滑板车前的小篮子。对面的凯琳也开门出来了，两人踏上各自的滑板车，往沙滩踩去。

天色灰暗，半空亮起了璀璨烟火，照亮了两人兴奋的小脸蛋。她俩更使劲地踩，滑板车急速冲向沙滩。

沙滩上，男孩们正玩着向空中发射烟火的游戏，同学里安、维多利亚、芝芝、萨利娜全到齐了。

树荫下，早架好桌台、凳椅，放满烧烤食物，播放的是节奏奔放的南亚歌曲！

普嘉爸爸帮普嘉点燃烟火棒，普嘉交给加宝。哇！好闪亮啊！普嘉爸爸又帮凯琳点燃了烟火棒。

妈妈披着枣红大围巾，绕过马路走来。她与普嘉爸爸握手，感谢他帮忙安装家具；普嘉妈妈递给她一杯红酒。

孩子们在沙滩上热闹追逐。妈妈边笑着看孩子们耍乐，边同普嘉父母请教羊肉咖喱的烹调方法。

6.4 巨树种子登岸

海鸟群在低空飞翔，信天翁护送的两个小精灵，终于抵达岸边。

鸟精灵在石滩上重遇尖尾滨鹬叔叔、尖尾滨鹬阿姨和小斑尾塍鹬们。

小鹬精灵喜悦地问尖尾滨鹬叔叔："这里是不是温暖之地，是不是奶奶说的地方？"

尖尾滨鹬阿姨笑着回答："是这里，小鹬。"

小鹬精灵兴奋无比："太好了，太棒了。等一会儿，天全黑，就可以见到奶奶。"

小绿鸟精灵："但是奶奶认得你这精灵吗？"

小鹬精灵："对！奶奶只认得我斑尾塍鹬的样子。那怎么办？"

小鹬精灵担心奶奶在星空认不出自己，请求尖尾滨鹬叔叔、尖尾滨鹬阿姨和斑尾塍鹬群一起观看星星。尖尾滨鹬叔叔、尖尾滨鹬阿姨相视互望，答应了小鹬精灵的请求。

海岸线很长，浪花不断被外海猛力冲击上岸。

妈妈从口袋里取出胶袋："家里需要装饰品，帮忙挑些大贝壳。"

加宝和凯琳跑向石滩，俯身在沙石中挑贝壳。石滩上实在太多贝壳碎。

妈妈见不远处有块石头，她走近拾起一看，石面椭圆光滑，约手掌般大，石身牢牢布满一连串的贝壳，贝壳和石身完全黏合在一起，是块坚硬的贝壳石。妈妈连声称赞，这块贝壳石很特别。

加宝："这是什么？"

妈妈："可能是贝壳？"

加宝："为什么它们粘在一起？"

妈妈：“我猜……像寄居蟹般，把石头做个家？你回家上网查一查原因，查到了，告诉妈妈，我也想知道。”

三人左挑右选，装了一大袋大小不一的贝壳和小石头。加宝将整袋贝壳放进滑板车前的篮子里。

巨树种子贝壳石，就这样眼睁睁地被人抢走了。站立石滩上的海鸟们惊讶、失落。信天翁怒气冲天，大声呐喊！

突然听见鸟声喧叫，加宝不禁往天空瞄上几眼。妈妈催促：“风大，回家吧！”

两个小精灵目睹年迈脆弱的叔叔绝望的目光。尖尾滨鹬阿姨悲伤地哭唱：“巨树种子虽上岸，但人类争夺。鸟儿们！恐再难续承诺，难践冈瓦纳之约，将种子送达巨树。”

两个小精灵二话不说，抛下鸟群，直追滑板车而去……

街灯下，屋顶上站立的本土雀图伊鸟群，牢牢盯住滑板车远离的磁场微光。

夜深，风更大，更凉了。

妈妈：“今晚什么最美味？”

加宝：“羊肉卷饼，但你放太多薄荷酱和酸瓜，我不喜欢。”

妈妈：“你希望妈妈上网找这食谱给你做午餐吗？”

加宝：“那太棒了。”

妈妈：“什么最好玩呢？”

加宝：“当然是烟火棒最好玩。”

妈妈见皓月当空：“你看那月亮多圆？我觉得灯火节，像中国的中秋节。”

加宝：“因为可交换礼物，还有糖果。”

妈妈：“中国人的中秋节也是月圆夜，也是与家人团聚吃晚餐。”

妈妈感慨地说：“每个文化都有它的美丽之处，但最终都是一样的。”

加宝：“为什么不同又会一样？”

妈妈：“最终都是讲互相尊重、诚实、爱你的家人，这是一样的。”

母女俩身后，紫水鸡尾随跑近。他眼睛里追踪的，是滑板车上发光的篮子。

妈妈进屋，把贝壳石扔进厨房洗涤槽冲水，再放进窗边那盆桃红花瓣碎片里晾干。

妈妈唤加宝帮忙将窗外的垃圾箱推去前门邮箱旁，加宝不甘愿地照做。

尾随的两个小精灵，停在前院矮树片刻，打量周围环境，再飞上加宝家屋顶。

小鹬精灵：“瞧！满天的星星，有远有近，数之不尽！奶奶，你是哪一颗？”

小绿鸟精灵：“明亮的太多……没关系，今晚认不出，我们明天再认，总有一天能认出。”

小鹬精灵：“每晚对星空唱？”

小绿鸟精灵：“对！只要每晚对星空唱，奶奶她总能听到。”

小鹬精灵：“唱出思念，唱出恐惧。”

小绿鸟精灵：“唱出希望，唱出疑惑。”

小鹬精灵对星空唱：“奶奶，哪颗是你？我已来到温暖之地。”

小绿鸟精灵：“你做到了。”

立于对面凯琳家屋顶的尖尾滨鹬阿姨：“你奶奶爱你，才这样讲的。”

她身旁的尖尾滨鹬叔叔：“你奶奶用她的爱，引领你逃离寒冷，逃离死亡。”

小绿鸟精灵：“奶奶不在星空上？”

小鹬精灵：“奶奶在星空，也在心里，她的绒羽还在我身上。”

小绿鸟精灵：“感受爱、寻找爱，卡鲁娜说的。”

小鹬精灵：“卡鲁娜还说，要享受爱。”

那厨房窗前，巨树种子贝壳石暖暖的磁光吸引愈来愈多的鸟聚集。

老远的高空，信天翁群盯着加宝家的磁光，振翼展翅，焦急万分，在海岸线与外岛间盘旋不息。海面上，浪花一排排打上岩石堆。

夜色变暗的速度快得惊人，墨蓝天映衬着淡黄圆月。

斑尾塍鹬哥哥和卡鲁娜飞抵石滩。

卡鲁娜：“终于到了。”

斑尾塍鹬哥哥：“咱们一家到了。”

卡鲁娜笑了：“是的。终于咱们一家飞抵。”

斑尾塍鹬哥哥：“今晚找个巢，你安心休息。”

卡鲁娜：“一路上得你全力照顾，从未如此安心。”

斑尾塍鹬哥哥：“你不再是一只鸟，我们已成伴侣。”

卡鲁娜：“相伴的感觉真好。”

斑尾塍鹬哥哥：“有爱就是伴侣。”

卡鲁娜：“有爱就有新生命。”

斑尾塍鹬哥哥：“找个巢，安心诞下新生命。”

卡鲁娜：“我真幸福。”

斑尾塍鹬哥哥：“幸运的是我。”

两只斑尾塍鹬鸟，在树顶上深情相拥。

从林里卡卡鹦鹉群、图伊鸟群纷纷飞往远处屋顶聚集，两鸟见状，顿生好奇。

二楼主人房里，妈妈坐在被窝里，用平板电脑上网，预订滑雪课程。

妈妈：“你刷牙了吗？”

加宝：“刷了！”

妈妈：“没有，我刚才摸过你的牙刷，是干的！”

加宝：“妈妈，我不想刷牙。”

妈妈：“臭虫虫会蛀烂你的牙齿。”

加宝：“我不信。”

妈妈：“马上去刷。”

在妈妈的强迫下，加宝被赶进浴室刷牙。刷完牙，妈妈忘了拿手机上二楼，叫加宝到楼下客厅取上来。

加宝：“妈妈去拿！”

妈妈：“我已躺在床上，你反正是站着的，下楼去拿！”

加宝：“但是房间外面很黑。”

妈妈：“但是我们在自己的家，有什么好怕呢！”

加宝站在主人房门外走廊，摩拳擦掌，手指按掌心，手指按掌背，脑袋左左、右右，左右运动……

妈妈见她动作良久，还没下楼：“你在做什么？”

加宝：“做好应付任何怪物的准备。”

她已松开筋骨，预备好功夫架势向黑暗怪物步步挑战。但楼下太黑了，加宝走了两步，又退步跑回妈妈床边不敢下楼去。

加宝：“我连自己睡觉都不敢，怎么敢下楼呢？”

妈妈：“下楼去取！”

加宝：“妈妈，不要逼我。”加宝抱起玩具毛毛狗做伴。

加宝：“我让摩卡狗陪我。”

妈妈严厉命令：“把它放下，马上下楼，把手机拿上来。”

加宝吩咐玩具摩卡狗：“你的干妈太冷酷了，如果有什么不幸的事发生在你身上，Touchwood（她拎着狗爪子摸摸床头木沿），怪你干妈，都是你干妈的错，妈妈爱你。”

妈妈没打算放过这小可怜：“把手机拿上来，现在去！”

加宝鼓起勇气，走到走廊上，开了走廊灯。走廊亮了，便按亮楼梯灯；楼梯亮了，就踱步下楼，快步跑近沙发茶几，取手机！

抓起手机，当然不敢周围看，加宝直奔上二楼。

两个小精灵原本在厨房里打量着磁光巨树种子，闻着水果盆，见加宝突然冲下楼，又慌忙跑上楼，都莫名其妙，只在身后盯着她。

加宝："妈妈，这是非常可怕的经历，我得将它写下来……"

黑黑的夜，最可怕的事，是帮助妈妈到楼下拿手机。

我走下楼，1，2，3……夺过电话、冲上楼，就好像被乌鬼在身后盯着、在后面追着。

唉，可怜的加宝……

妈妈："好了，别写了，睡觉吧。"

加宝放下纸笔，盖上被子，闭上双眼。

附近屋顶上，愈来愈多雀鸟站立，疑惑地讨论，话题都围着加宝家玻璃窗台上的磁光巨树种子。

凯琳家屋顶上的尖尾滨鹬叔叔，见刚从加宝家屋檐管道里飞出来的本土雀图伊鸟，心急唤它们停下，正欲打听巨树族森林所在之处。

尖尾滨鹬阿姨眼尖，她老远见到昏暗夜空中，斑尾塍鹬哥哥飞近。尖尾滨鹬阿姨大喜，斑尾塍鹬哥哥飞降凯琳家前院，众鸟欢聚。

斑尾塍鹬哥哥把自己于鹰岛寻得的爱鸟卡鲁娜介绍给众鸟认识，还告诉他们自己已快为鸟父。尖尾滨鹬叔叔、尖尾滨鹬阿姨喜悦之余，亦叹息自己年迈，并告之巨树种子刚被眼下屋内的孩童盗取。

卡鲁娜安慰众鸟总会有办法，大家一起想想法子。

酣睡入梦的加宝在梦里继续游玩。她轻身走出家门，去对面屋找凯琳玩。路过凯琳家前院草地，听见众鸟围在草地上议论，她被话题吸引，停步站在旁边聆听。

斑尾塍鹬哥哥：“巨树种子在孩童手上，首要的是找到巨树所在。”

本土雀图伊鸟问：“巨树是最古老的树，理应是最高、最粗、最宽大的树，对吗？”

尖尾滨鹬阿姨答：“是的。”

本土雀图伊鸟群齐唱：“我们知道哪里有最高的树。”

尖尾滨鹬叔叔：“真的？”

图伊鸟群：“森林里，最贪吃的是我们，哪里有什么样的树，我们最清楚。”

尖尾滨鹬叔叔：“请带领我们去。”

卡鲁娜提醒：“要带着巨树种子去。”

尖尾滨鹬阿姨：“那必须带着孩童去。”

加宝插话：“我可以去吗？”

众鸟惊讶：“那最好不过！那最好不过！”

加宝：“我回去问一下妈妈。”

尖尾滨鹬叔叔：“先不用，还没讲完。”

卡鲁娜：“孩童、巨树种子一起进入森林，有群鸟、树精援助，就能将巨树种子送达巨树。”

斑尾塍鹬哥哥：“由我来将巨树种子送达。”

尖尾滨鹬阿姨：“不不不，你快为鸟父，别再冒险肩负重任。”

尖尾滨鹬叔叔：“让我去送。”

小鹬精灵：“不必！叔叔，请让我去送。”

小绿鸟精灵：“对！让我俩去送。”

小鹬精灵：“叔叔、阿姨年事已高，多年迁飞守护孤稚雏鸟，应当安享温暖。这里禽鸟众多，还不会飞，照样存活。你们迁飞，尽心带领北方孤雏逃离寒冷，于温暖南方存活。请不必再迁飞，就请做留鸟吧！”

尖尾滨鹬阿姨开怀：“小鹬，你长大了。”

小绿鸟精灵争取：“对！让我俩去送。卡鲁娜，你将为鸟母，希望你能陪伴小鸟长大，与斑尾塍鹬哥哥一起，陪伴你们的孩儿，直到他们顺利长大。”

卡鲁娜感叹：“小绿，你也长大了。”

两个小精灵：“我们是精灵，让我俩去送巨树种子给巨树，最适合不过。从这一刻开始，负起任务，由我俩担负起这使命，这送达巨树种子的使命。”

本土雀图伊鸟群：“那你们要跟我们多学习，就住进我们的巢吧，就在这亮光上的管道里，方便盯着孩童。”

信天翁群低空盘旋，欢喜狂叫，喜见一路教导下，两个脆弱的小精灵已变得勇敢，勇于承担。

信天翁群许下誓言：“会再次护送，定将巨树种子送达巨树。”

聪慧的卡鲁娜早留意到附近草地、围墙上，多了卡卡鹦鹉、绿头鸭群和紫水鸡徘徊。她担心：“信天翁鸟身太大，容易暴露行踪，不易近身保护小精灵。”

在社区旁的荒野地树屋里聚集的红嘴鸥群，飞降屋顶，自荐做两只小精灵的近身护卫。

于是群策群力，信天翁群空中盘旋呐喊：“抢回巨树种子，抢回巨树种子。”

屋顶群鸟则誓师回应：“精灵抢回巨树种子！精灵抢回巨树种子！”

低飞的信天翁群用庄重又豪放的歌声，再次鼓舞两个小精灵：“苍天与大地，见证孩儿，见证壮大，正成就希望。孩儿，年轻的勇士，英雄已选定，英雄被选定！激情、活力、音乐与歌声，见证我们勇敢的孩儿！”

近身护卫的红嘴鸥们不甘落后，兴奋地腾飞上空，唱：“是这样，为彼此短暂的生命！是使命，为了使命，精灵背负使命，精灵背负上使命！精灵护着生命。就这样，精灵用爱护着生命！为爱！为了延续爱！为生命！为了新生命！精灵挑起担子！”

So it is! For the sake of our short-lasting lives.

So it is, for the sake of our mission.

Spirits are shouldering their mission!

Spirits are shouldering their mission.

In such a way, spirits are protecting life with love!

For love! For prolonging love!

For life! For new lives!

Spirits take up the burden.

Let's go all out! Let's go all out!

信天翁群、红嘴鸥群齐齐盘旋高空："誓必送达巨树，誓必送达巨树。"

旁观的加宝也被他们的热情感染，激情参与，与草地上的杂草精灵和屋顶上的鸟群同誓师回应："送达巨树！送达巨树！"

群鸟转头齐齐提醒加宝："你可别忘记誓言，这是承诺。"

加宝："什么承诺？我只是路过。"她转身走回家门。

尖尾滨鹬叔叔："这小孩会忘记承诺，忘记今晚的誓言。"

尖尾滨鹬阿姨："小鹬，小绿鸟，你们去跟着她。"

斑尾塍鹬哥哥："时刻提醒她。"

卡鲁娜叮嘱："与她一起，引领她进森林。"

尖尾滨鹬叔叔、尖尾滨鹬阿姨、卡鲁娜、斑尾塍鹬哥哥齐唱："别担心，我们就栖息在附近的屋檐管道里，去尾随她吧，去跟踪她吧，跟她一起，全力以赴！全力以赴！"

于是，两个小精灵钻进加宝家屋檐顶管道里。

斑尾塍鹬哥哥对卡鲁娜说："我们也去找个屋檐顶管道，今晚好好休息！"

第七章

小精灵的重生

The Rebirth of Birds Spirits

7.1
凯琳和汉娜

星期六的清晨，屋顶上，鸟儿们叽叽喳喳地跳跃、翻滚、打斗。躺在床上的加宝，机警地睁开一只眼睛向屋顶看。

加宝：“妈妈，鸟儿在上面滑倒了！”

妈妈：“小声点！鸟儿在玩啦。”

屋顶管道里，本土雀图伊鸟群正和两个小精灵闹着玩呢。

屋外，传来急速的敲门声。

妈妈：“啊！这么早！一定是你的朋友，你去开门吧。”

加宝从床上爬起，走近窗户，推开二楼的玻璃窗，向站在楼下门口的凯琳说：“凯琳，你今天真早啊！”

凯琳：“我吵醒你了吗？啊！对不起。”

加宝：“凯琳，你等一下……”

加宝穿着睡袍，跑下楼去开门。

凯琳一头又直又长的金发，整齐的刘海，T恤短裤，含着大拇指：“加宝，可以玩吗？”

加宝："但我需要梳洗一下。"

凯琳："好，我可以进来吗？"

另一边厢，妈妈走下楼梯，走去厨房。

妈妈："早上好，凯琳。"

凯琳："早上好，高莎阿姨。"

妈妈："凯琳，你想和我们一起吃早餐吗？"

凯琳："我要先去问我妈妈。"

凯琳的父母正在他们家车库外清洗汽车。凯琳跑去请示，不到十秒便跑回来。

凯琳："高莎阿姨，我妈妈说我可以在这里吃早餐，只要不太麻烦你。"

妈妈："那你俩先玩一会儿，我煮好早餐去叫你们过来。"

妈妈从冰箱里取出三文鱼、鸡蛋、香肠、面包、豆腐、面豉酱等。

两个小精灵看见大堆的食物，瞪大了双眼，羡慕不已。

后花园墙外，对面屋顶上，卡卡鹦鹉瞪大眼睛，看着妈妈把冰箱关上。冰箱门上贴着好多水果磁贴。

妈妈扬声提醒楼上的加宝尽快梳洗。

加宝："知道了。"加宝走进浴室，脱下睡裤，换了条窄身长裤："哇！好紧！我的天啊，我的肚皮快被挤扁了。"凯琳站在浴室门口，看着加宝换裤子。

加宝："凯琳，我可以有点私隐吗？"

凯琳："好吧。"

凯琳无聊地走出主人房，见客房门开着。她好奇地走近房门，房里堆着大箱小箱，箱面写的尽是玩具种类。凯琳双眼顿时闪出金光银星，眩晕的兴奋感，塞满小脑袋。

妈妈把三文鱼抹上日式照烧酱汁，放进焗炉，又开了另一个煮食炉，剪开包装袋，放水饺下锅香煎。

妈妈："小朋友吃多些。"

两个小精灵在冰箱、煮食炉间遨游。

妈妈从冰箱里取出小瓶装橄榄粒，倒出小碟橄榄。两个女孩换了黑色钉珠吊带裙，跑下楼，绕过饭厅，使劲推开落地玻璃门。

凯琳跑近高莎，做了个逗人疼爱的表情。高莎往她嘴里送进橄榄粒。

小绿鸟精灵学到了："学她那样，要可爱！"

妈妈浅尝白葡萄酒，享受这边煮边喝酒的美妙时光，抬头往厨房玻璃窗外一看，惊讶！加宝和凯琳爬上高高的花园围墙，赤脚踩在墙中间的支撑点上，和住在墙外的小女生闲扯起来。

加宝："妈妈，美玲住这里，她是一年级的。"

妈妈在架子上找到数码相机，举起替两人照了幅"双妹爬墙照"。

围墙旁边，尖尾滨鹬叔叔和尖尾滨鹬阿姨站在美玲家屋顶，提示围栏上的两小精灵："去引小孩进森林，信天翁今早来话说，会亲自抢回巨树种子。"

小绿鸟精灵："怎样引？"

图伊鸟群齐唱："只管接近小孩，带着巨树种子进森林，只管带着巨树种子进森林。"

尖尾滨鹬阿姨："和她们一起，她们做什么就跟着做。"

尖尾滨鹬叔叔："做同伴，像你俩做伴一样。"

卡鲁娜教导："不会、不懂没关系！看看孩童们怎样相处，效法她们，跟着她们，带着巨树种子进森林。"

妈妈从橱柜取出骨瓷长碟，把煮好的食物逐一上碟：鸡蛋、香肠、番茄、烘面包、照烧三文鱼、煎水饺、面豉豆腐汤。

三人围坐在餐桌前，吃起中西日式合并的早餐。

凯琳："我喜欢吃三文鱼。"

加宝："我讨厌吃鱼，有骨头。"

凯琳："可以拿掉啊！"

加宝："骨头是我的头号食物敌人！"

凯琳摇头，不明白加宝为何怕成这样。

加宝："最好发明去骨器，像鲨鱼头。"

妈妈："为什么像鲨鱼头？"

加宝："因为鲨鱼吃小鱼。"

加宝："你最喜欢的食物是什么？"

凯琳："雪糕。"

两个小精灵疯狂地在台上进食，赞不绝口。

加宝："但是雪糕不算，是甜品。"

妈妈："加宝，你最好收拾一下，明天我们先送凯琳去她外祖父母的农场，再去雪山上滑雪课程。”

两个小精灵听见人类小孩要去农场，热切激动。原来搞定人的事很容易！太兴奋！太顺利！

后花园晾衣架上，卡卡鹦鹉首领观察良久，百思不得其解：“为什么巨树种子亲近小孩？为什么？这是最重要的！最关键的！为什么呢？思考！思考！”

凯琳想起楼上的玩具房：“加宝，今天我可以和你玩一整天吗？”

加宝：“当然可以，我们是朋友。不过你想玩什么呢？”

凯琳：“我想玩你的玩具，我可以分享一个秘密。”

加宝：“什么秘密？”

凯琳：“过来，耳朵过来。”凯琳示意加宝把耳朵靠过来。

小绿鸟精灵唱：“朋友是分享，分享食物，分享秘密。”

两人跑上二楼，妈妈嚷着：“你们吃完了吗？这么快。”

小鹬精灵唱：“爱是供给食物，是对生命的尊重。”

两个小精灵跟着女孩飞上二楼，进了玩具房。

玩具房里，加宝问凯琳：“你做精灵时，穿什么的？”

凯琳含着拇指：“重要吗？是平常的衣服。”

加宝：“天啊！精灵要有型，要有好形象的。”

加宝翻箱倒柜地找，每个纸箱都盖上“加宝天使翅膀”的小图章。

飞在她俩身后的小绿鸟精灵对小鹬精灵说：“看！她喜欢我们！她想做我们。或许我们能成为朋友。”

小鹬精灵：“我们已经分享食物，已经成为朋友。”

小绿鸟精灵：“但女孩还没认识我们。”

加宝：“作为精灵，你得穿加宝天使裙子。”她找到一条粉红钉珠柯根纱长裙，往身上一比。

加宝唱：“加宝加宝真可爱，任谁看见都想爱，谁把你打扮成仙女？或许天使就是你！”

凯琳眼睛发亮。

凯琳：“这裙子太漂亮啦，我可以穿吗？”

加宝：“当然可以穿，如果你是我的朋友。”

凯琳爽快回话：“加宝，你是我最好的、永远的朋友。”

十分钟后，两个小女孩以新造型登场。凯琳头顶粉红花朵头环，配粉红钉珠柯根纱花童长裙。加宝头顶绿叶头环，配米白钉珠雪纺柯根纱花童长裙。

两个小精灵亦换上同系列的白色、粉蓝色的花童纱裙，连同色头饰，配搭绝妙，坐进滑板车篮子里。

凯琳嚷着跑回家，给她妈妈看这纱裙造型。

小绿鸟精灵：“做人真有趣。”

小鹬精灵：“分享食物、秘密、裙子。”

小绿鸟精灵：“说是做朋友，就应分享。”

小鹬精灵：“她想做精灵。”

小绿鸟精灵：“精灵想做人。”

小鹬精灵：“换换该多好。”

小绿鸟精灵和小鹬精灵：“是朋友，换换、玩玩该多好。”

加宝乐得跑上街，四处招惹一番。她扶起家门口的滑板车。妈妈问：“去哪里？”

加宝：“去玩啰！”回答得干脆又理所当然。

内街草地公园里，有五六个女孩在溜达。她们可能是被花童纱裙的扮相吸引，缓慢地踩着滑板车接近加宝，加宝也被其中一个女孩的漂亮褐色卷曲假发所吸引，靠近了她们。

那领头女孩在加宝左边滑行：“你叫什么名字？”

“你为什么想知道？”加宝在她右边滑行。

女孩：“你想做我朋友吗？”

加宝：“我的名字叫加宝，你呢？”

那女孩刹停滑板车：“我的名字叫汉娜。”

加宝：“你想做我的朋友吗？”

汉娜：“你想比赛吗？”

加宝：“从这跑去那树屋？”

其他小孩也想加入比赛：“我们也想比赛。”

“准备——1、2、3，跑！”

小孩们使劲地踩着、骑着各自的中、小、特小号滑板车冲向那树屋！

孩童们没想到，那荒野中的树屋，正是精灵的近身护卫、红嘴鸥群的鸟巢。

坐在篮子里的小精灵飞了出来，赢了小孩，先到终点。

小鹬精灵：“我们能赢小孩！我们能赢小孩！”

小绿鸟精灵：“当然！她们怎及我们飞得快。”

女孩们快冲到终点时，飘盈如粉红仙女般的凯琳，手上拿着粉红花朵头环，挡住路。

凯琳：“加宝，可以继续玩你的玩具吗？”汉娜听见玩具，双眼立见光芒四射。

汉娜：“加宝，我也想玩。”

加宝：“你们都是我的朋友，都来我家吧，不包括男孩！”此时，汉娜的哥哥和他的朋友走近。

安妮：“我可以玩吗？但是我要先问过我妈妈。”没等回复，安妮转身跑回家，求妈妈批准去了。

汉娜：“加宝，你家在哪里？我也要先问下我妈妈。”

加宝指向家门：“是那间屋。”

汉娜用韩文跟哥哥说：“你去跟妈说，我去那间屋。”

汉娜哥哥用韩文果断拒绝妹妹的吩咐：“我不，你自己去！”略加思索，再加一句：“除非我也可以去。”

汉娜踩着滑板车，哥哥骑着自行车，相互擦身较量，用韩文拌嘴。

凯琳：“快走吧！他们兄妹经常争执的。”

汉娜不理哥哥，跟着加宝回家，直奔二楼的玩具房。

妈妈正拆玩具箱子呢，见女孩们冲上楼：“架子都安好、清洁干净了，把你的玩具、衣服全拿出来，放上架子。如果不要的玩具，就扔在这空箱子里。”

加宝听见“扔玩具”反应极大，叉起腰：“妈妈，它们都是精品，是我的童年，你显然不懂，我怎忍心把我的宝贝们扔在堆填区呢？”

加宝：“朋友们，可以帮我吗？”

凯琳和汉娜抢着回话：“我能帮！我能帮！”房门呼嘭关上，但对着整屋的玩具，似乎没有谁记得要帮忙。小朋友们齐呼：“开箱日！”

紧跟着进入玩具房的两个小精灵：“朋友能帮上忙。”

7.2 玩具女皇的令牌

玩具房内，帽子箱盖掀开了，接着手袋箱、首饰箱、厨房用品箱、新生婴儿玩具箱、假发箱、毛绒动物箱的箱盖，全打开了。

每个箱盖上，都印有红色的“加宝天使翅膀”的印章记号。

加宝边翻箱边解释：“你们知道吗，我的爷爷说大部分玩具都是中国制造，干脆就把我童年的玩具全买齐了，带过来。所以我有这么多玩具，我是——”

她在身后箱子里，翻出个钻石后冠：“玩具女皇。”

她抱起咖啡色松鼠毛毛狗玩具：“它的名字是摩卡，因为它的颜色，像我妈妈的咖啡。”她随手打开了太阳眼镜盒，为小狗戴上一副墨镜，对着摩卡玩具狗说：“哇！酷！我希望你是一条真正的小狗。”

凯琳：“加宝，你为什么不养真狗？”

加宝鼻涕流下：“我妈妈说我不可以照顾自己，所以不能养小狗。”

凯琳：“唉！伤心！我有只真猫。”

加宝：“你真幸运。”

汉娜：“在韩国，我也有只真猫。”

凯琳：“加宝，我希望我是你，有这么多玩具。”

加宝：“凯琳，我希望我是你，能有只真宠物。”

凯琳在墙角找到“玩偶服饰纸箱”，里面尽是小套装、裙子、靴子、手袋等迷你配饰衣物。

汉娜还翻出一件拉丁舞衣，好几层的草绿薄纱短裙，看得汉娜和凯琳眼睛直冒万丈金光！

加宝将短裙给摩卡玩具狗套上：“芭蕾舞短裙小狗，生于1961年。”

凯琳赞叹：“太华丽了。为什么是1961年？”

“我乱讲的！”加宝回答。

加宝继续发表演说：“小狗的爸爸是松鼠犬，名字是卷毛；小狗的妈妈是芝娃娃，名字叫丽兹。小狗最喜欢的食物，当然不是骨头，是香喷喷的‘巴伴洛巴’。”

凯琳好奇地问：“什么是‘巴伴洛巴’？”

加宝：“天啊！想象力去哪了呢？我乱讲的！”

凯琳：“加宝，你是我见过最有趣的人。”

两个小精灵互望，同时醒悟唱：“做她的玩具，做她的宠物，是她的办法，就这方法。”

汉娜：“我可以试穿吗？”

加宝：“当然，拿去试。”

加宝：“来点音乐，派对开始！”她翻开了光盘箱子，找到了她最爱的美国热爆少女歌手孟汉娜的光盘。

围巾、头饰帽通通戴上，戴上、戴上……品牌箱子掏出来了迷你迪奥、米索尼、桑丽卡，打开，打开，全打开，尽情地往身上套！套！套！换！换！换！照镜子！照镜子！照爆了镜子！

加宝：“哇！好酷！我像天王巨星吗？”。

凯琳：“我可以穿这件吗？”

加宝：“全部都可以穿！女孩们、朋友们，这箱子所有装束，你们去试！去穿！去玩吧！”

小孩面颊上无限的喜悦自豪！

两个小精灵也不客气，尽试箱内各款迷你装束造型。

凯琳：“谢谢加宝，你是我的好朋友。”

汉娜找到选美彩带，连忙往身上戴。

汉娜：“我是韩国小姐。”

加宝翻到一件“拖地钉珠裙”，兴奋得鼻涕直流，哪还顾得上抹呢？边套上拖地长裙，边嚷着：“哎，这可像玩具女皇造型？”她一手抱起玩具狗摩卡。

凯琳翻出夏威夷沙滩装，换上，跳起沙滩舞来！大伙乐得翻天覆地，笑得趴在床上，汉娜躺在地毯上抱着肚子笑。

小鹬精灵找到马来西亚的娘惹装。

小绿鸟精灵翻出南亚纱丽装换上。

两小精灵试了好多新造型，唱："做她的玩伴，成她的朋友，就这办法。"

汉娜找出一件名贵的皮草拖地大褛。

汉娜："这真漂亮，在韩国很冷。"

加宝："这是假的。"

汉娜："那当然！但为什么？"

加宝："小孩不讲究，大人用便宜材料糊弄的。"

凯琳换上红色旗袍。

加宝："等等，凯琳，这太平淡了，得弄点贵重首饰。"加宝从箱堆中翻出首饰盒打开，珍珠链、金银颈链、水晶颈链、塑胶耳环……

加宝："试试这条莫扎特水晶项链，配你这套昂贵晚装。"

水晶颈链由加宝的英文名字、五个字母组成，被抛向凯琳。凯琳勉强接上，打不开颈链扣，顺手扔向摩卡狗，刚巧套进小狗摩卡的颈项。

摩卡狗坐在一个小盒子顶，盒面有树叶形状的画。凯琳好奇地问："这树叶画是什么？"她打开盒子，有两片枯黄的树叶，叶片上有黑笔画。

加宝对着镜子，戴稳欲坠的皇冠，正式对镜子为自己加冕："玩具女皇现赐你凯琳，赐你手上的……玩具女皇的傍身令牌——变真令！它能变真！隐身令！能隐形！”

无人理会她。

汉娜继续往箱底寻宝，翻出清朝格格服。

凯琳：“加宝，这是什么？”

加宝：“中国装束。”

凯琳不解，看看自己的一身旗袍：“又是中国衣服？我不是已穿上了吗？”

加宝爽快比喻：“你的曾曾祖母穿的可不同你的祖母，对不对？”

凯琳：“对。”

7.3 苏菲·美蒂和安玛薄荷糖的重生

凯琳翻来翻去再淘宝，从箱底抽出来一个裸体美女玩偶。

汉娜问：“她的衣服呢？”

加宝：“一定是丢在什么角落，不见了。”

汉娜：“我有个主意，我们帮她配衣服，幻想我们是时装设计师。”

凯琳：“哇！酷主意！”

加宝：“替她做形象，我们可以玩造型游戏。”

加宝：“我们应该怎样称呼她？”

凯琳："苏菲好吗？我班上有个女孩叫苏菲，她很漂亮。"

汉娜："那她姓什么？"

加宝："美蒂！苏菲·美蒂！太棒了，是个好名字。"

两个小精灵大喜，等的就是这一刻！不就是这一刻？这"完美时机"。

加宝："谁是她妈妈？"

凯琳："我可以做她妈妈吗？"

汉娜："她头发是什么颜色？"

凯琳："茶色头发，是我班上最多人喜爱的颜色。"

加宝从假发盒子里找出："给她戴上这假发。"

凯琳："穿什么鞋子？"

加宝："短靴，要剪开靴顶上面，那样更有型。"

汉娜："那她穿什么衣服？"

凯琳："给她T恤，加条超短裤。"

加宝："好！她穿戴像你，女儿像妈妈。"

汉娜也从箱底掏出另一个裸体玩偶。

汉娜："要不我们再做个孪生姐妹给苏菲·美蒂？"

凯琳："这是超棒好主意。"

汉娜："在我隔壁教室里，有个女孩叫安玛，她有个4D蚊子在手臂上。"

加宝："你是说她有个胎记，是4D蚊子形状的，是吗？不过安玛是好名字，够特别。"

凯琳："汉娜，你想怎样叫这玩偶娃娃？"

汉娜：“安玛薄荷糖。”

加宝：“安玛薄荷糖？你的意思是辣薄荷？”

汉娜：“是，但薄荷不怎么辣。”

凯琳：“她的头发是什么颜色？”

汉娜：“我会给她弄黑头发，因为那个安玛是个巴基斯坦女孩。”

加宝：“给她弄条迷你裙。”

汉娜：“不可以，她说短裙不能过膝盖，不然等于裸体。”

加宝和凯琳齐齐吃惊地嘟圆了嘴。

加宝：“那给她配条长裤，加个腰袋吧。”

汉娜：“那给她穿灯笼裤，上面配松身衣，但不可以露肩膀。”

凯琳：“鞋子呢？”

加宝：“运动鞋就很帅气了。”

加宝：“这造型要会玩瑜伽……双眼闭起，坐地打坐，嗯嗯嗯……脑袋要休息……闲闲地……肚子饿，想起美味点心……嗯嗯……吃饱了，又想起玩具，想要更多的玩具……我的妈妈……不懂玩具……是上世纪的妖精，我本来好端端地做天上的星星，却被她拉下来做了女皇，做了玩具女皇……还好……漂亮……我长得漂亮又可爱……”她的手指在额前两侧，不停画圈圈。

汉娜：“加宝，你真有趣。”

加宝："你的脑袋工作很辛苦，它应该有一个假期，放松、放假、休息，要不，你的眼球会掉下来。"

凯琳："干脆我们给她俩签发出生证明书？"

加宝："这主意好，你画画行！你来画吧。"

于是，凯琳开始画，画一张出生证明书。

瞄准时机！小绿鸟精灵全力以赴，准备冲进玩偶里。

名字：苏菲·美蒂

妈妈：凯琳

小绿鸟精灵冲进苏菲·美蒂玩偶。苏菲精灵穿上绿T恤、绿短裤，蹬上短靴。

名字：安玛薄荷糖

妈妈：汉娜

小鹬精灵冲进安玛薄荷糖玩偶。安玛精灵穿上褐色中袖短恤、灯笼裤、运动鞋。

加宝："你俩都有漂亮玩偶，但我什么都没有。"

汉娜："你可以要摩卡，你可以做它的妈妈。"

加宝："哦，是的，我需要保镖。"

名字：摩卡

妈妈：加宝

加宝："可以加我妈妈的名字上去吗？"

凯琳："为什么？"

加宝："因为她可以帮摩卡洗澡。"

凯琳："对！"

汉娜：“你妈妈的角色该怎样写？”

加宝：“干妈。”

汉娜：“好！干妈。”

汉娜看见箱里有彩线：“我们可以玩这彩线，看，我们可以做友谊脚链，我知道怎样做，做给你们看。就算洗澡都不可以脱下，只要当对方还是朋友，就一直戴着它。”她很快编了条颜色线，绑在自己脚趾上。凯琳、加宝嚷着要，把编好的彩线争相绑在脚趾上。

妈妈在楼下听她们玩得兴高采烈，从酒柜里取出三只酒杯，倒进鲜奶，取了数码相机上楼。

房门外妈妈问：“美女们，要喝点酒吗？”

女孩们在房内呆了，面面相觑，以为听错了。

开门后，女孩们见盛着的是鲜奶。妈妈：“女孩们，享受吧！”

女孩们兴奋地举高酒杯，加宝：“假装我们是女皇。”

凯琳：“为了我们的健康！”

加宝：“哦！不！凯琳女皇，为了我们的财富。”加宝走向窗前：“女皇们，多么美好的一天啊！在我的宫殿里，享受下午茶，看我眼下这片官地（Crown land），是多么的非凡瑰丽。”

一饮而尽，干了酒杯里的鲜奶。

妈妈照了幅三人合照。

楼下传来敲门声，妈妈开门，头戴漂亮卷曲假发的安妮问：“可以和加宝玩吗？”

楼上回应：“我们下来了。”三个女孩齐齐跑下楼，两个精灵尾随。

车道上，女孩们踩着各自的滑板车。

安妮展示她的新车，左右两条滑板，双脚各踩一板，拉近放宽滑行；滑板车边有排亮光，随滑行闪动。

安妮：“明晚在会所有个派对，是韩国人搞的派对。”

加宝：“派对？真的？”加宝显出很兴奋的样子。

汉娜：“你想去？”汉娜问加宝。

安妮：“只有韩国人才可以去，是一个生日派对，一定要讲韩文。”

加宝很失落。

安妮洋洋得意：“加宝不可以去！加宝不可以去！加宝不可以去！”

汉娜冲口而出，反驳安妮：“不！不对！加宝可以去。”

汉娜安慰加宝：“加宝你可以去，因为你是我朋友。”

“所以她是半个韩国人。”汉娜肯定地答复安妮。

安妮：“但是她不会讲韩文。”

汉娜：“没问题！加宝可以留在派对里玩，什么都别说。”

加宝：“我会讲韩文，我会讲‘An-nyeong Haseyo？’”

汉娜：“听见了啦！她会讲韩文，去好了！拜拜！我要回家了。”

汉娜用她的方式解决了争议，踩着滑板车滑回家去。

安妮见加宝的滑板车篮子里，放着可爱的玩具狗摩卡。

安妮：“你的假宠物叫什么名字？”

加宝：“它叫摩卡。”

安妮用手摸摩卡狗的毛发。

加宝如被冒犯：“你不可以碰它，要得到我的允许才可以。”

安妮：“它只是一个玩具。”

加宝：“但它是我的玩具。”

加宝看着安妮漂亮妩媚、卷曲至腰的假发：“安妮，你的发型很好看，但是你知道吗，你是比我漂亮，但是我比你可爱，我的意思是我比你小。”

安妮忍不下去了，用韩文骂：“加宝，你很‘巴波’。”

加宝：“这什么意思？”加宝听不懂。

安妮显得更得意：“加宝很‘巴波’，加宝很‘巴波’。”安妮重复挑衅着，加宝不懂，转身跑进汉娜家，汉娜正换着骑马窄裤，准备去上骑马课。

加宝求助汉娜：“‘巴波’是什么意思？安妮对我说，加宝很‘巴波’。”

汉娜马上反应，嘟圆了嘴：“这是调皮的话，她不应该对你说。”

汉娜穿妥骑马裤，即往门外跑，向站在路边的安妮大喝。

汉娜与安妮你说一句，我还你两句，两人用韩文吵骂起来！

汉娜：“加宝，我对她说，她不应该对你说这话，她不应该对我的朋友说这话。”

汉娜：“安妮，你知道你伤了我朋友的心，你不再是我的朋友，走开。”

目击这争吵，苏菲精灵告诉安玛精灵：“我喜欢你的妈妈，她很保护朋友。”

安玛精灵：“朋友是相互保护，是陪在身旁。”

汉娜对加宝说：“安妮太刻薄了，别再和她玩。我给你这糖果，希望你感觉好点。”汉娜示范拆开糖纸包装，一颗巨大的珍珠戒指环糖果出现眼前。

加宝嘟圆了嘴：“这是糖果戒指环。”

汉娜将戒指环套在食指上，珍珠糖果放进嘴里，又吸又吮。

加宝：“我要试试。”

汉娜：“你开心了吗？”

加宝：“我感觉有蝴蝶在头上飞过，安慰我蓝色般难过的日子。”

汉娜：“加宝，你不是我唯一的朋友，我有其他朋友，但你是我其中一个好朋友。”

晚餐后，妈妈将碟子逐一放进洗碗机，加宝走到挂在厨房墙壁上的儿童版彩色世界地图旁，取电视遥控器当作扬声器。

加宝：“你做观众，我做主持。你可以说‘开始’吗？”

妈妈侧身瞄了加宝一眼：“开始！”

加宝：“有没有想过这世界是个水球，看所有相同的颜色粘在一起，会发生什么事呢？我的意思是，同一个颜色，非洲粘着南美……啊不不！它们太远了，抹掉！抹掉！如果法国粘着英国、澳洲粘着新西兰、韩国粘着中国，一旦它们粘在一起，会发生什么事呢？对！我们可以用双脚走去另一个国家。更有趣！但问题是它们怎样粘在一起呢？我的意见是，当然不用胶水，是吗？我的意见是如果海水降下来，像成人游泳池降水位那样，那小宝贝也可以游泳，人可以从新西兰走去澳洲，从法国走去英国，从中国走去韩国，这主意不是很好吗？”

妈妈把药和清水放在厨房台面上，加宝走近餐台观众，狡猾地对妈妈说：“好了，如果你有什么问题，请上这个网址查询：www.professorgarbo.com。”

妈妈：“好了，加宝教授，快吃药，你还有点流鼻涕，明天我们要出发去雪山啦。事实上，地球在亿年前，是一块土地。”

加宝：“看，我是天才。”

妈妈：“这社区韩国人多，今天买了泡菜。”

妈妈放了小片泡菜进自己嘴里。

加宝：“我也要试！”

加宝夹进小块泡菜入口：“哇！急救！冰水，SOS！冰人哇！快出来救命……燃火了、烧着了，我的舌头着火了！”她跑进厨房，从冰箱里取出玻璃水瓶，打开瓶盖，匆忙往口里灌下；又跑去印刷机旁取了张纸，写了几个字，取了胶带，开门跑向邮箱，贴上了告示。

加宝做完这些，正欲上楼回睡房，被妈妈唤回厨房。

妈妈：“加宝，别闪缩，快把药吃了，你还在流鼻涕，明天去到雪山，可能会更严重。”

加宝无奈走向厨房，怒目敌视厨房台面那宽口药液容器里的深红药水。看来，一场柔道决赛在所难免。

加宝对药液容器说："我柔道功夫很好的。嘿！嘿！嘿！推！推！加点油门！我会将你击退打倒。我能做到，能做到！"

她依附着冰箱这高大靠山，盯着那如血浆般深红的药水。经过半晌沉默的目光比试，她慢慢地倚着冰箱门滑下，软弱无力地坐在地上。投降！药液容器赢了！

加宝："太难了！"她将红色药液倒进洗涤槽里，便跑回二楼，爬上妈妈的床。

加宝："汉娜说明天有一个韩国派对，我想去。"

妈妈："是韩国人搞的派对，你最好约汉娜一起去。"

加宝："那当然，我已经放了个标志在门外。"

妈妈："什么？你放了什么标志？"

加宝："韩国人的家。"

今晚我是韩国人，我会写韩国人的事，他们喜欢吃泡菜，这是我人生中第一次吃泡菜，它很辣、很火热……

我的名字叫泡菜，

我第一样最喜欢的食物是辣泡菜，

我第二样最喜欢的食物是海鲜泡菜，

我最好的朋友是个泡菜女孩……

我用泡菜洗发水，

晚上睡觉时，抱着我的泡菜熊。

我有泡菜毛毯，

我睡的是泡菜枕头。

我的妈妈是泡菜妈妈，

我住的房子命名为泡菜屋。

我爱泡菜。

完结

妈妈拉下窗帘，床头时钟指向晚上九时。她回望加宝闭上眼睛，迷迷糊糊地问躺在她枕头旁的玩偶："苏菲·美蒂，晚安……你的孪生姐妹安玛薄荷糖呢？"

苏菲·美蒂："她和她妈妈汉娜在一起。"

加宝："好，我们现在就去，找她们玩吧。"

梦里，加宝和汉娜各自在家中二楼床上爬起，带上玩偶，踮着脚走下楼梯，打开家门，轻轻关上，向对方家走去。

黑暗的行人道上，彼此都看到迎面而来的黑影。

加宝手抱玩偶苏菲·美蒂，问迎面的黑影："是汉娜吗？"

行人道上，对面的汉娜手上也抱着玩偶安玛薄荷糖，问迎面的黑影："是加宝吗？"

加宝："是，我以为是只鸟鬼。"

汉娜："我也是，我很害怕。"

两人结伴，速速走回加宝家。

信天翁群立在路灯柱顶。暗黄街灯下，马路上很多鸟身倒影，时刻监视磁光巨树种子，不容有失。

汉娜："我们玩老板娘和佣人的游戏，好吗？"

加宝："好的……等等，为什么总是你扮佣人，我们应该轮流做。"

汉娜："你知道吗？佣人要完成所有的工作，连没让做的也要做完。佣人要替你拿所有的行李。"

汉娜瞄见鲜艳迷彩行李箱："哎！这行李箱真漂亮。"

加宝："我们可以玩'去机场'，假装我们正放假。"

加宝迅速戴上彩虹珠片发带，架上太阳眼镜，高傲地从厨房拖着那迷彩行李箱走出客厅，装作去机场乘搭飞机的模样。

汉娜："我想我们去澳洲，我有一个朋友，是男孩子，但不是我的男朋友。"

加宝："是！这我知道。"

汉娜："他在澳洲被蛇咬了。"

加宝："哦！蛇会吃掉整个人。"

汉娜："是的。"

加宝："我的手指也受伤了，帮我换胶布吧。"

汉娜将她的旧胶布撕下来，痛得加宝大叫："你撕掉了我的羽毛。"

汉娜："你没有羽毛。"

加宝："你看不见我的小绒毛，就是我的羽毛。"

汉娜：“你想我整理你的床铺吗？”

加宝：“当然，床铺乱七八糟的。”

汉娜把沙发当成床铺，装出整理床铺的样子。完成后，继续幻想：“假装我们在餐厅。”

加宝站累了，她坐在沙发上：“对不起，我要坐回我的私家椅，我喜欢这盏座灯。”她指着沙发旁那盏彩绘绿蜻蜓玻璃落地灯。

汉娜：“要喝点什么吗？”

加宝：“我想要草莓果汁。”汉娜往边站，假装正调制饮料。

加宝：“太慢了，你们做事太慢了。”

汉娜：“你要喝点什么吗？”

加宝：“我不是刚告诉你吗？”

汉娜：“哦！是草莓果汁。”

汉娜转过身，再继续假扮成调酒师调制饮料。

汉娜：“请。”

加宝：“很好喝，但为什么有一条毛在里面？”

汉娜：“对不起。”

加宝：“你们让狗进来吗？”

汉娜：“不让。”

加宝：“可惜，但为什么？”

汉娜：“因为我对狗敏感。”

加宝：“你怎么知道你对狗敏感？”

汉娜：“我妈妈告诉我的。”

加宝：“但你申请工作时，没有告诉我。”

汉娜：“我有，是你忘记了。”

汉娜：“有人申请做你的秘书。”

加宝：“好，她有什么特长？”

汉娜：“她的特长是阅读。”

加宝：“她有什么缺点？”

汉娜：“她的缺点是……她没有缺点。”

加宝：“她对什么敏感？”

汉娜：“她对口香糖敏感。”

加宝：“哎！你的脚链呢？”

汉娜：“我对脚链敏感。”

加宝：“我猜你是不见了。”

加宝：“她最喜欢的颜色是什么？”

汉娜：“天蓝色。”

加宝：“品味真差！”

汉娜：“对不起，她电邮告诉我，是桃红色。”

加宝：“那还好一些。”

加宝：“让我看看她的照片。”

汉娜：“这张。”

加宝：“蛮顺眼的。”

加宝：“今晚我去哪里吃晚餐？”

汉娜：“去歌剧院吃晚餐好吗？”

加宝：“好主意，订两个位置，我和我的保镖摩卡狗。”

汉娜假装用电话预订餐馆座位。

加宝：“我的小狗呢？”

汉娜：“它在皇家公园里玩耍。”

加宝：“别忘了给它喝饮料。”

汉娜：“一定不会忘记。我可以带你的狗去遛遛吗？”

加宝：“可以，但别把它弄脏了。”

加宝：“今天星期几？”

汉娜：“今天星期三。”

加宝：“你明天不用上班。”

汉娜：“为什么？”

加宝：“因为我想有些私人时间。”

汉娜：“你想我告诉你，今天发生了什么事吗？”

加宝：“不，不要，今天我很忙。”

加宝家屋顶上，安玛精灵：“奶奶，我虽然不知道哪颗星星是你，但我知道，你如在天上，你一定是在看着我。”

苏菲精灵唱：“爱是付出、是庇护，是教导，是引领。”

安玛精灵：“看看屋下面，爱是在身旁，是留在身旁，能倾诉，会扶持，是分享甜蜜，是常伴在身旁。”

安玛精灵唱：“奶奶，我爱你，因为你爱我，当我不懂爱时，你已经爱我。对了！我眼神停留的就是你。我眼神停留的全是你！天上的星星，每一颗都是你。”

苏菲精灵唱：“但爱要及时。”

两个小精灵齐唱：“爱我，请及时！”

今晚下一个梦又开始了。在斜倾如大碗壁的草地上，加宝醒来，仍身穿花童纱裙。

加宝："我不能相信，我竟然在公园睡着了？我肯定是玩得太累了。"

凯琳："加宝，你想玩吗？"她身穿飘盈的雪白纱裙，吊在半空，在游绳上滑翔。

凯琳身后，有间树屋在草地远处。

加宝："那里有间树屋，去看看吗？"

凯琳："那还不容易！"

两人跑下倾斜的草地，撒野地奔跑，奔向一公里外的草地树屋。

凯琳："加宝，想象我们有翅膀，就可以飞过去。"

加宝："凯琳，想象我们是小野马亦可以！"

两匹"小野马"跑过宽阔的大碗壁草地，来到大树前。树干上钉着长方木块，加宝在前，凯琳在后，往上爬。

加宝爬上树屋，伸头进树屋。凯琳："加宝，靠近一点。"

鸟头与加宝鼻子碰了个正着。加宝尖叫起来，掉下树，跌在草地上。她二话不说爬起，掉头就狂奔逃命。凯琳在后紧追。两人跑了好一段，终于停了下来。

凯琳安慰："加宝，冷静，冷静！"

加宝吓哭了："太可怕了。"

凯琳："但它们是小鸟，还没学会飞呢。"

加宝："是吗？你不早说，但它们毛茸茸的。"

夜更深，梦更沉了，熟睡中的加宝，觉得鼻子痒痒的。她用手揉揉鼻尖，睁开双眼，看见安玛精灵正拍着小翅膀站在妈妈面颊上。

楼下，小狗摩卡颈项上仍套着那条由加宝的五个英文字母组成的所谓“莫扎特的水晶颈链”。 它耳朵动了，小脚动了，身上的毛亦动了。缓慢地，它睁开圆圆的眼珠，变成了一只真狗。

苏菲精灵请小狗摩卡赶快去通知信天翁明天孩童去农场的事。

小狗摩卡从沙发上跳下地，在屋内绕了一圈，跳出客厅玻璃窗外，被对屋凯琳家的胖猫发现了。猫咪向着小狗摩卡喵叫几声，小狗摩卡略停顿，朝胖猫的方向望去。它最终没有理会，继续踱前，步入黑暗。

夜里，薄雾为荒野草地盖了层白被。月亮的光替小狗照亮了黑暗的碎石路。山坡上，小狗摩卡和信天翁在月影下会合了。

小狗摩卡：“孩童明早去农场，请务必紧跟。”

久候的信天翁信心十足：“放心！进了农场，一切将在晚上发生，晚上完结，鸟愿将成真。”

第八章

高山鹦鹉了结万鸟争夺

The Alpine Parrot's Battle Ends

8.1

夜游加西亚农场

楼下传来急速的敲门声，妈妈开门，凯琳身穿碎花裙子，手上拿着部手机。

妈妈：“凯琳，你这么早，准备好出发啦？”

凯琳跑上楼，见加宝正坐在床上。

加宝对凯琳说：“我通常星期六、日在床上吃早餐。”

妈妈边下楼边说：“别看太久光盘，我们要出发去农场了。”

加宝反驳：“但我只是周末早上看。哇，你有自己的手机。”

凯琳：“嗯。”

加宝：“能用吗？”

凯琳：“不能。”

加宝：“那为什么带它？”

凯琳：“你不觉得拿着手机很有型吗？”

加宝：“啊！是的！”

妈妈把车子倒出车库，凯琳父母将她的行李放进车尾箱。

两个小精灵使劲地推妈妈进厨房，又将妈妈的脸搬搬、移移，移向窗台上的贝壳石。

妈妈瞧见窗台上的贝壳石，随手将它放进胶袋，塞进加宝书包里。

群鸟、尖尾滨鹬叔叔、尖尾滨鹬阿姨、斑尾塍鹬哥哥、卡鲁娜及众小斑尾塍鹬站在前院草地上，送别两个为使命出征的小精灵，预祝鸟愿成真。

尖尾滨鹬叔叔、尖尾滨鹬阿姨再次请求本土雀图伊鸟群务必一路关心、引领两个小精灵前往巨树族森林。图伊鸟群一口答应，还主动说会分成两队，看护两个小精灵以防走散。

阳光明媚，路上尽是绿草荒野，两个女孩在后座闲聊。

妈妈："凯琳，你在学校成绩最不好的是哪一科？"

凯琳："数学。"

加宝："我讨厌数学，太难了。"

妈妈："每个人都要学。"

加宝："要是这世界没有数学，那将是完美的世界。"

妈妈："你要多看些书。"

加宝："我有看。"

凯琳："我喜欢看《彩虹仙子》系列。我也有看《老鼠记者》系列。"

加宝："我以前喜欢看绘本，但现在已开始看以文字为主的书了。"

妈妈："你趁假期练习下素描吧，我带上了贝壳石。"

加宝没趣地叫嚷："不是吧！"

妈妈为了带动气氛，叫她们唱首毛利歌来听。两人于是唱起来，边唱边比画着眼睛、鼻子、嘴巴、腰……是首毛利儿歌。

经过小镇，有小摊档在卖头发绳，加宝嚷着停车去看看。两人兴奋地坐在小凳上，女档主给她们梳上几条彩绳辫子，配上星星、贝壳小饰品，玩了好一会儿。

车窗外忽然下起了倾盆大雨。妈妈开了音乐，两个小女孩倦了，半倾着身体，像农场中被圈养的牛群，肩并肩靠近取暖。

沿途电线杆上，近有卡卡鹦鹉、图伊鸟群，目光紧盯车里的磁光驶过；远在天边的信天翁、红嘴鸥群，远远跟踪。

终见前面写着"加西亚农场"的路牌。庄园的道路被鲜黄的杏树分隔，排列整齐。私家路引领三人经过河流、树林、葱绿草坡，阳光暖暖地照射湖面，金光闪亮，有群绿头鸭巡游水上。

凯琳："过了前面湖边，上了山坡就是。"车子继续驶往庄园山坡。

远处传来几声枪响。平房屋顶上，横挂着细长的白云带。

山坡上，大树垂下两条粗绳子加废车胎组合成了秋千。正在荡秋千的男孩见到车上的凯琳，表现出雀跃的样子。

凯琳："他们是我的表兄弟，约书亚表哥和乔表弟。"

车停在树下，凯琳的外祖父母布莱恩和罗希，从农庄大院走出来。凯琳也推开车门，奔向他们，凯琳第一时间展示她头上的彩绳小辫子。

妈妈上前与他们握手。

罗希外祖母："时间过得真快，转眼20年。"

布莱恩外祖父："那时候，你还是高中生。"

妈妈："对啊！现在我有女儿了。"

布莱恩外祖父："是，我也有孙子了。学校假期，小孩子都在这。"

妈妈："这农场真大。"

布莱恩外祖父："动物农场约400公顷，还有个海岸农场在山那边，约200多公顷。"

妈妈："真难以想象。"

有男士持猎枪路过，手持整袋羽毛猎物，加宝转身不愿看。

罗希外祖母："现在是打猎季节，他是我们农场的经理。"

加宝："那你们不需要去买食物啦。"

布莱恩外祖父："不，要的！我们去为动物买东西。"

加宝："为动物买东西？"

布莱恩外祖父："我们要去买营养药品，让它们更健康。"

大伙走上大宅二楼客厅。

妈妈："哇，看这景色，你们住在天堂里。"

布莱恩外祖父："我相信我们很幸运。"

罗希外祖母："半个世纪前，他带我骑马来到这山坡。"

罗希外祖母煮了蒸馏咖啡招待妈妈，还打开冰箱，取出蛋糕分给两个小女孩。

布莱恩外祖父："于是我们坐下，躺在草地上，我问她，这地方漂亮吗？”

罗希外祖母：“我回答，当然漂亮，这地方太好。”

布莱恩外祖父：“然后我问她，这地方能用来做什么用？”

罗希外祖母：“我回答，适合建房子和成个家。”

布莱恩外祖父：“我说那好，我们就成个家吧。”

罗希外祖母：“后来我们有了十个孩子，四个女孩，六个男孩……”

“嘭”的一声巨响，是撞击声，众人被吓了一跳。

布莱恩外祖父：“定是有鸟撞上窗户，这事经常发生。”

约书亚表哥跑进大宅一楼，他瞥见阳台处，小狗正舒展身躯，趴在鞋盒里晒太阳。

约书亚表哥：“凯琳，去找支粗笔来。”

他将那小狗从鞋盒里倒出来：“先借来用用。”小狗发出可怜的吠叫，委屈地踱出大宅。

红嘴鸥元帅撞上加宝家的汽车窗户，摔死在树荫下。孩子们把死鸟放进鞋盒盖好，掘了个小土坑。

约书亚表哥：“这是意外死亡，路人要帮忙。”

乔表弟：“上面应该写什么？”

凯琳：“一只美丽的鸟，好吗？”

加宝：“但是，如果它是男的呢？”

凯琳：“那么，写‘一只会唱歌的鸟’？”

全体同意。

凯琳用粗笔，在鞋盒上写上“一只会唱歌的鸟”。

凯琳："需要说些什么吗？"

加宝立马后退："喂，我不出席……"

约书亚表哥："没问题，你不在邀请名单上。"他边说边把泥土填进坑里。

加宝顿觉遭受奇耻大辱："我不在葬礼邀请名单上？"

加宝："不不，你误会我的意思了，我会出席葬礼，只是在XY米外，因为还有很多隐形鸟众出席葬礼。"

约书亚表哥："事实上它的死，你要负责任。"

加宝："为什么？"

约书亚表哥："因为它撞上你们的车。"

加宝："不可以怪我，不关我事，我没有放食物在车里。"

这悲痛的时刻，红嘴鸥群立树梢，沉默哀唱："谁说不关你事，是你抢了巨树种子，藏在车里，元帅心急才撞毙。"

远处，如大人一样高的巨兔跳跃经过，它强壮的巨肩臂上，依偎着伤心的小狗，诉说着被男孩约书亚表哥欺负的始末。

约书亚表哥提议："想去看看我的私密宝藏吗？"

凯琳和乔表弟齐声称好，齐齐跑向马厩上马。

加宝面有难色，约书亚表哥扶她跨上马，加宝胆小惧怕。

约书亚表哥："别叫，会吓着马。"

加宝："它多大？"

约书亚表哥："八岁。"

加宝："那还好，马马，你比我大，你别乱跳乱跑，应有责任心。"

终于，在扰攘了好一阵子后，加宝和约书亚表哥同骑一匹，凯琳骑一匹，乔表弟骑一匹。

四个人三匹马缓慢踱进树林，经过绿草平原、起伏山丘，见处处散养着羊群。

经过一段杏树林，伞形嫩黄树叶撒满地。眼前是潭池溪流，约书亚表哥兴奋地攀爬上大树，他整个人站立，脚踏空中粗横枝干，冲出树枝前段，一跃而下，直坠入溪池，片刻后从水里伸出头来。

乔表弟也仿效爬树跳溪。凯琳打了几个翻身筋斗，来到大树跟前，毫不思索地脱掉裙子，身上只剩下背心和内裤，也往树上攀爬，再缓慢地爬向横干前段，刚站起，尚没站稳，已坠跌潭池。众人可乐了，加宝看见，只敢在岸边戏水。

树上跳水玩够了，四人再上马，穿越丛林。他们来到一个被隐藏的私密宝藏——细白如银的沙滩，阵阵海风吹来。

“欢迎来到约书亚私人海滩。”

约书亚表哥的带领下，众人到达海岸农场。大伙齐齐从树荫下拉出私藏的独木舟、滑浪板，四人出了海。

橘黄落霞渐染天边，在绿色屋顶农庄大院二楼宽敞的室外甲板上，众人俯视这数百公顷的动物农场。餐桌放满烧烤食物，凯琳外祖父母、约书亚表哥、乔表弟、农场经理穆雷、妈妈、加宝、凯琳，还有哭泣的小狗齐聚。

罗希外祖母：“小狗哭了好一阵。”

穆雷：“发生什么事？”

凯琳：“或许是约书亚表哥拿走了它的盒子？”

约书亚表哥：“我没选择。”

布赖恩外祖父：“什么事？”

乔表弟：“我们要一个棺材。”

布赖恩外祖父：“什么？”

凯琳：“有只飞鸟死在楼下。”

加宝：“他为它搞了一个葬礼，没打算邀请我参加。”

罗希外祖母：“它才两个月大，还是小婴孩来着。你拿走它的家，它很伤心的。”

乔表弟：“给它猪耳朵补偿。”

加宝：“什么？”

凯琳：“假的。”

罗希外祖母：“它需要安慰。情绪上，婴孩需要训练。”

凯琳：“那就送它去宠物学前班。”

晚餐过后，穆雷领众人来到三楼图书室。他从书架上取出一本书，向妈妈讲述这作者的故事：从爱尔兰来到新西兰，从土人处买地，开农场，多了外来帮工，有了社区，建起教堂……

凯琳从书架上取了一本为《本土鸟》的图书，翻了两页，便把它当作枕头躺下。加宝取了本图画书《森林探险》，翻了几页，见妈妈正谈得兴起，干脆也闭上眼睛。

墙上，时钟显示时间为晚上九点三十分。

妈妈在书架上找到天际观星图，孩子们马上不睡了，几个人一起走出露台。

穆雷对妈妈说：“南十字星多在南半球看到。”

穆雷带头，妈妈在侧，凯琳和加宝跟在后，四人下楼进杂物库，取头顶灯，绑上额头。惯性地，凯琳和加宝从车上取了背包和水瓶，这是出外或上学的装备。

穆雷把巨兔也带上：“你也跟来吧，黑夜森林很热闹。”

加宝躲到凯琳身后：“这兔好大啊。”

凯琳：“是，巨兔是穆雷的宠物。”

加宝：“什么？宠物？这么大的宠物？”

凯琳：“宠物不一定小的，对不对？”

加宝：“对。”

穆雷叮嘱众人：“迷路时如发现小溪，就沿着走，河流可带你走出森林。”

在蕨类植物丛里，有吵杂声响。穆雷用手电筒朝草丛中照去，原来是尾随众人的紫水鸡正吃着树底长出的新树芽。穆雷表现出切齿的痛恨，随地拿起树枝追打紫水鸡；巨兔更是代主人扑身追杀，追入丛林。

穆雷：“吃！见一个吃一个，把它们杀死才回来。”

穆雷：“可恶的紫水鸡，吃掉很多丛林里的种子和新芽。”

黑暗丛林，伴随着蝉声、尖锐鸟叫。

加宝恐惧地问：“为什么要夜晚出来？这么黑，好可怕啊！”

穆雷：“有什么好怕？天上月亮给了足够的照明。”

继续沿着路径前进，沿路树干有大小形状不一的洞穴，洞穴里众鸟眼睛纷纷下望，磁光青丝从加宝背包中缕缕透出。

加宝感觉脚边有东西拉扯裤脚。

加宝对凯琳说：“你别搞我。”

凯琳：“我没有。”

这次还扯高了，拉扯衣衫角处。

加宝责怪：“你又拉扯我。”

凯琳坚决否认：“我没有。”

两人向后望，丛林左右摆动，不可能吧！再向下看，呆了，矮小的蕨类植物竟然摆动得像怪物般快。再远望过去，是蠕动的……活森林！！

最可怕的，是有只怪物站在树下，又紫又白，头顶一点红，是巨紫水鸡！是又跑回来的紫水鸡！巨鸡突然向加宝飞扑过来，她惊叫闪避，幸好巨兔的爪子把那巨鸡的翅膀紧紧抓住。巨兔及时回来，扑向巨鸡，两只怪物疯狂恶斗，巨兔爪击巨鸡，巨鸡拼命摆脱巨兔；巨兔撕其翅羽，巨鸡再次挣脱逃离，巨兔穷追猛打，追入丛林。

一场恶斗，令树梢猛烈翻动，藏身树丛的卡卡鹦鹉首领暴露了行踪。他飞上树顶，惊见信天翁鸟群、红嘴鸥群正在农庄上空聚集，顿感威胁降临，当即大声公告：“海鸟来了，海鸟来了！要抢趁早，要抢趁早！”

活森林里一百多只鹦鹉，能飞的，踱步的，跳跃的，不能飞的，全跑出来、追出来，向着众人追、追、追，抢、抢、抢！

加宝：“快逃！”加宝下意识地转身就跑。加宝、凯琳、妈妈拔腿就跑，见路狂奔。

植被剧烈蠕动，大树气根疯狂地摆动，像是想翻转地皮，乘机生擒活口。

加宝边跑边醒觉，觉得眼皮沉重无力：“为什么我睁不开眼睛？好重，睁不开眼睛，看不见前路，怎么办？”

妈妈：“不怕！妈妈拖着你的手。凯琳，你看得见前路吗？”

凯琳：“看得见。”

突然，身边熟悉的声音响起。

穆雷唱：“不用跑了，你们逃不了的。”

妈妈被按倒在地，整个人被树须根卷起，狠狠抛高，吞进树顶洞穴。

“快从原路跑回去！”妈妈大声嚷叫。

加宝、凯琳向后看，穆雷竟然是棵高大树精。

而在高耸的穆雷眼里，分枝插入淤泥延伸开来，又长出地面攀高，再坠入泥地。

丛林内薄雾骤起，两个小女孩跑来跑去，仍在穆雷树精分枝网里，子孙树根千丝万缕，猛烈摇晃。

凯琳：“等等，别怕，我不怕鸟。”

众鸟唱：“隐形她，隐形她。”

众鸟唱：“捉走她！”

众鸟围着凯琳，飞起圈圈，翅膀一闪一闪，凯琳不见了！

半空又传来枪声。

加宝分不清原路，还是什么别的路，唯有见路就逃，边跑边嚷着问自己：“跑去哪儿啊？”

加宝自问自答：“跑出森林，报警去。”

穆雷树精：“想我放你妈妈可以，但必须做一件事。”

加宝：“不可以欺负小朋友。”

穆雷树精：“你说你的妈妈被树吞吃了，警察不会相信你。”

加宝：“为什么绑架我妈妈？”

穆雷树精：“把你的背包送给巨树。”

加宝：“我是小朋友，正经事我做不来的。”

穆雷树精：“你必须去把巨树种子送给巨树！”

加宝：“我做不到！”

穆雷树精：“你一定得去。”

加宝：“你应该绑架我，我妈妈会开车，她会帮你做事。”

穆雷树精：“少废话，快去！在天亮前送到。”

加宝：“还有时间限制？”

穆雷树精：“你办不到将变成孤儿。”

加宝听到“孤儿”两字，哇的一声吓哭了！她屈服了。

加宝：“我去送，我去送。”她怕极痛哭！

穆雷树精拨开层层树网，南十字星明亮闪耀：“当巨树种子贝壳石接近古树时，磁光将会愈发明亮，记得这发光的特性。”

穆雷树精继续说：“将你的背包打开，取出里面的宝贝来。”

加宝恐惧地打开背包，条条青光丝射出，摩卡小狗、玩偶苏菲·美蒂、玩偶安玛薄荷糖被逐一取出，最后是亮光巨树种子贝壳石。

加宝埋怨：“为什么假期要练习素描，带上贝壳石，累死我啦。”

穆雷树精：“珍贵的巨树种子，最纯正的种子，来自最原始的森林，等这么久，这巨树种子是属于巨树族的，百万年后终于漂流上岸，竟然被你抢走了。”

加宝：“没有！我没抢！是妈妈叫我在海滩捡的，不可以怪我的。”

杂草精灵：“瞧！她忘记了承诺，忘记了承诺。”

穆雷树精：“我们尊贵的老树王，恶病缠身，这纯种必须马上送到他跟前。候鸟们为了送纯种，受大苦，历大难，人类的小孩怎么可以抢我们的纯种？还给我们，还给巨树族。”

加宝急忙更正：“要还！要还！还给你们。”

纯种贝壳石的磁光，令树丛里的鸟群惊讶不已。卡卡鹦鹉首领见状，立感优势即失，必须力挽狂澜。怎么办？怎么办？必须马上去报信。

图伊鸟众：“你答应过送巨树种子。”

加宝模糊中回话：“好像有点印象。”

穆雷树精用他细长的树根，将玩偶们从地上抛远。

穆雷树精：“你们三个变真！”“变真令牌”树叶画如雨点纷飞般落下。闪！闪！闪！

苏菲精灵、安玛精灵、摩卡小狗在地上渐渐“活化”，爬起来，站起来。

加宝：“我可不可以叫我的朋友陪我一起去送？”

杂草树精：“没时间了。”

两个小精灵：“你答应过去送巨树种子的。”

加宝：“我是小朋友，不负责任的。”

穆雷树精：“精灵助手们，赐你俩‘隐形令牌’，押送她去送巨树种子给巨树。如果送不到，天亮前把她干倒！”“隐形令牌”树叶画如飞箭般射向两个小精灵。

加宝：“啥？”

两个小精灵恭敬地接下“树叶令牌”。

穆雷树精对加宝说：“现赐你鸟眼能见磁光，赶快出发！”

夜空又传来数声枪响，穆雷变回参天大树。

黑暗森林里，加宝的鸟眼不仅能见贝壳石的暖暖磁光，更能见树洞里无数的闪亮鸟眼。

苏菲精灵：“别怕，我们不会伤害你。”

安玛精灵：“我们是朋友，请你一起去送巨树种子。”

加宝：“去，去送，我哪儿还有选择？”

苏菲精灵提议分开去找古树，她自己朝平原森林去找，安玛精灵则去雪山高地找。

苏菲精灵：“安玛精灵，你先隐形？”

摩卡小狗对安玛精灵说：“别留下我。”

摩卡不舍吠叫：“你有慧眼，我有灵鼻，我可以帮助你、协助你，请把我带上。你高兴时，有我分享；你伤心时，我替你抹眼泪；你生气时，我会静静的；你危险时，我会吠叫。我们是好拍档，请把我带上。”

加宝摘下身旁鲜红果子，放在小狗鼻子上：“放个樱桃在顶，请把它带上。”

摩卡小狗跳进安玛精灵的斜腰袋里。

满月夜，高山丛林树顶，瀑布流水淙淙，溪流清澈。卡卡鹦鹉首领正向远在喜马拉雅高山的跛脚鹦鹉请示圣训。

喇嘛寺前，跛脚鹦鹉呀呀回话：“巨树种子紧贴那小孩，应该与她吃的食物有关。她去雪山，也就是说，巨树就在雪山！”

卡卡鹦鹉首领恍然大悟：“参悟了！参悟了！就如磁贴粘贴在冰箱面，是与冰箱里面的食物有关！巨树种子紧贴小孩，是与她们吃的食物有关！吃对了，巨树种子便紧贴小孩。”

卡卡鹦鹉首领继续说：“明白了！明白了！她去雪山，巨树就在雪山！她去雪山，意味着巨树就在雪山！巨树就在雪山！我现在就去雪山。告诉高山鹦鹉！告诉高山鹦鹉！死守雪山丛林，死守雪山丛林！”

安玛精灵听见卡卡鹦鹉首领唱咏巨树在雪山森林：“快上！摩卡狗，上吧！”趁卡卡鹦鹉不留神，安玛精灵挥一挥“隐形令牌”，和摩卡小狗一起隐身，跳上卡卡鹦鹉鸟头毛中。

卡卡鹦鹉首领飞过短草沙丘，进了峡湾丛林地区。

卡卡鹦鹉首领向吃着花蜜的高山鹦鹉报信：“巨树种子上岸，巨树种子已到，已进森林！跛脚圣训，跛脚圣训，巨树就在雪山森林！你快回雪山森林，千万别让海鸟进入雪山，千万别让海鸟进入雪山。跛脚圣训，跛脚圣训，巨树在雪山森林！”

这是一只奇特的高山鹦鹉，弯曲灰喙，黑褐虹膜，蓝背羽绿尾。异于同族的橄榄绿羽毛，他竟然半身浅红羽毛。

机智的安玛精灵趁两只鹦鹉踱步走近，跟摩卡小狗说：“快！跟他飞去雪山看看。”她俩迅速跳上高山鹦鹉鸟头毛中。

高山鹦鹉听毕卡卡鹦鹉首领的报信，转达跛脚鹦鹉圣训，一心想着速回雪山：“绝不能让海鸟进入高山圣地，这无鸟地带，我世代守护，唯我独霸，海鸟休想入侵！海鸟休想入侵！”他方寸大乱，只觉毕生所求、耗尽终生守护的雪山森林，将被入侵摧毁。他惊慌失措了。

安玛精灵和摩卡小狗骑着高山鹦鹉，飞向雪山高地。

高原上，雪原苍凉，天际星河壮丽。安玛精灵眼中，繁星点点，银河浩瀚，她忆起往事，对摩卡小狗说：“曾有颗星星，我小时候在湖中心泥滩与奶奶一起远眺过，后来不见了。”

星空愈来愈近，真相似乎愈来愈明。

奶奶的声音从星空向安玛精灵说：“小鹬，奶奶就在身边；小鹬，你是奶奶生命中最重要的，不会改变。生活危险又恐怖，唯有坚强方能跨越痛苦，唯有坚强。”

小鹬：“我懂，我知道了。”

星空中奶奶说：“不过，小鹬，生命总有回报。”

小鹬：“奶奶爱我就是回报。”

奶奶星空中回话：“对！生命中能得到爱，就是回报。”

奶奶的声音：“奶奶永远爱小鹬。奶奶会将你身上所有的痛带走！”

小鹬说："小鹬永远爱奶奶。"

夜空下，原始森林覆盖险峻的悬崖绝壁，低矮灌木丛林、乔木、蕨类、菌类、苔藓类，满目苍翠。

心思陷入极度混乱的高山鹦鹉，藏身高海拔雪山密林。

8.2

信天翁魂断雪山森林

云雾深处，再次肩负护送重任的信天翁正穿越河流、泥沼，进入高海拔崎岖蜿蜒的山脉上空。他飞越火山群，飞到雪山山脉附近，再以高速紧贴山脉的坡度爬升，俯瞰脚下陡峭群峰。积雪覆盖的山顶，白雪覆盖四周峻岭，整个世界都是一座座雪白峰棱。

"哪里是雪山丛林？"信天翁降落处，溅起雪花。他整个插入雪地，好不容易从雪坑里爬起来，再踱向前。

茫茫雪原冰川，烈风大作，僵硬了面容。放眼望去，覆盖白雪的山头深处，隐藏着雪山森林。信天翁沿山顶极速而下，横穿滑雪场滑道，低飞至丛林顶："是这片森林吗？这是古树森林吗？"

高山鹦鹉低飞尾随信天翁飞出丛林："你不能飞近。"就这一夜间，他如经历净化燃炼，头羽至背羽由浅红升华，骤然变为深红。

高山鹦鹉力阻信天翁飞近雪山森林。信天翁不断突围。

高山鹦鹉见阻挡不遂，只好猛啄信天翁的身子。信天翁受伤被激怒了，转为追击高山鹦鹉。高山鹦鹉由攻击到被追，沿崖壁急速上升千米；信天翁紧追高山鹦鹉到丛林，不料尽头突现岩壁，信天翁来不及停飞，撞壁坠入万丈丛林。

熟悉地形的高山鹦鹉讥笑："是跛脚逼我做的，祸首是跛脚。信天翁，挡不住你，便激怒你，引领你撞壁而亡，是跛脚做的！祸首是跛脚！他在我颈项内逼我做的！"

山路崎岖，安玛精灵和摩卡小狗早从高山鹦鹉鸟头摔了下来。

眼下雪山树林，白雪覆盖，远远看见冰湖上有人健行，安玛精灵鼓起勇气，沿着健行道，朝着冰河，跑下山。

跑了好一段短草碎石下坡路，一路笔直陡峭，杂草覆盖，安玛精灵用树枝做拐杖，紧抓石旁杂草，寸步难行。

安玛精灵："怎样出去？"

摩卡小狗吠叫。

安玛精灵："什么声音？是水声。对！沿水声走，水向下流，可引领下山。"

果然，追踪水声，安玛精灵与摩卡小狗见到溪流，终于看见模糊路坯可循。再沿小溪走了好一段路，眼前尽是干涸石涧。

正不知如何是好时，本土雀图伊鸟群飞过。

安玛精灵用树枝拍打树身呼唤。图伊鸟听见，也用爪拍打树身，急躁回应："正找你们呢！急死了？快上来啊！"于是安玛精灵挥动"隐形令牌"，和摩卡小狗一起隐身在图伊鸟鸟头毛中，飞上半空。她们往下看，原来正处于峡湾谷里。

图伊鸟群问：“来这儿干什么？”

安玛精灵：“找巨树啊，送巨树种子啊。”

图伊鸟群齐唱：“叫你们带小孩去森林，没叫你去找，不用找！我们知道在哪里。”

安玛精灵、摩卡小狗齐惊疑：“你们知道在哪里？”

图伊鸟群：“带你们去吧。”

还没来得及表露狂喜，数声枪响吓得图伊鸟群失了重心，摔下树丛。他们反应快，立马用翅膀平衡，但还是坠下寒冷的谷底。

苔藓覆盖树干，潮湿的谷底森林，是野禽的避难地，紫水鸡正严厉训示绿头鸭群。

紫水鸡唱：“带他们来，带小孩过来。去请她，去捉她，去骗她，去哄，去吓，去绑架她。闪亮巨树种子定是好东西，去抢，去夺。那闪光东西，那闪亮巨树种子。难道做不到？”

绿头鸭群听毕吩咐，马上四散飞离谷底：“鸭子能飞、能漂、能游，一定办到，一定能办到。”

8.3
磁光的消失

话说苏菲精灵和加宝同样挥动“隐形令牌”，隐身化为条条青光丝，飞上了空中飘浮的绒毛球。

绒毛球被风载着，在夜空飘浮，被吹上树盖，上了一层再上一层。

月色皎洁明亮，凉风将隐身的绒毛球吹拂过连绵山坡。

斜坡上的山羊纷纷伸头，侧看绒毛球呢！穆雷树精说得对，月色其实够亮。绒毛球飘入深山丛林，四周尽是黑暗密林。

风更大了，绒毛球被吹得越飞越低，青丝光在溪边短草丛中，飘来飘去。

沼泽湿地里，橙白鸭子伸长脖子，见青丝磁光，发出“嘎嘎”叫声。

藏身绒毛球里的苏菲精灵和加宝，被吹得晕头转向，受不了了。

加宝：“这不行，太颠簸了，快离开这绒毛球吧。这件事我越来越有印象，我在哪里答应了这件事呢？去送巨树种子，是我答应过的吗？”

苏菲精灵：“是的。在凯琳家花园草地上，你在鸟群前承诺，协助我们送巨树种子。”

苏菲精灵令绒毛球飞近橙白鸭群问路，问哪里有古树森林。

橙白鸭群说附近有个岛，上面有很多老树，但捕杀季节到了，禽鸟要不躲起来了，要不赶往峡湾山谷避难。

苏菲精灵请求橙白鸭群带路，鸭群只愿意带一段路。

苏菲精灵见溪边有艘弃置的小艇：“我们就乘这艇吧。”

加宝：“我不会游泳。”

苏菲精灵从地上拾起干枯的果实：“我们隐身在干果里，

再上艇。”

加宝：“万一翻艇，跌进水……”

苏菲精灵：“快！上艇吧！”

加宝：“艇翻了，怎么办？”

苏菲精灵：“上去！”

苏菲精灵把加宝推上破艇，挥动“隐形令牌”。她们隐身进干果里，小艇沿着溪流漂流下去。

经过细窄的溪流，月光下，浅溪里，跃出水面的水生昆虫，随处可见。

加宝：“为什么要送巨树种子？”

苏菲精灵：“为了小生命，为了将诞生的小生命，少一些害怕，少一些哭泣。为了成全候鸟的希望，海鸟答应巨树的愿望。”

加宝：“那你的愿望呢？”

苏菲精灵语塞，没想过能有愿望，她低头想也答不出来。

黑暗树林里，小艇上的青丝磁光，引起沿岸鸟群的注意。树枝上、洞穴内，打盹的、半开眼的，睡眼惺忪地探头出洞口看看，都瞄到丝丝青光撩过。

“是什么？”林间众鸟鸣叫，振奋四起，每双雀眼光随青丝磁光而飘移。

猎人的枪声又响起了，好心肠的橙白鸭心惊胆战。鸭群还是上岸，放弃领路。

狂风乍来，水流开始急了，破艇猛烈倾斜摇晃。

干果里的加宝：“艇行得好快啊！”

苏菲精灵提醒："把背包背紧。"

几只游离的绿头鸭，老早已沿着迂回的河岸，跟踪尾随小艇。

绿头鸭群："万一遇上猎人……"

绿头鸭群："晚上猎人休息，现在不追，白天更不能。"

他们七嘴八舌，边追踪，边吵闹。

红色浆果从树上掉下，刚好击中苏菲精灵。抬头一看，大树狭长的叶片，发出银绿磁光，似乎大树与巨树种子互动了。

苏菲精灵："加宝，你看！这些磁光，跟你背包透出的青丝磁光很相似！"

破艇向着泥滩靠近，河道越来越窄，银绿磁光树林越来越多。

加宝："难道巨树族森林就在前面？"

破艇沿河流继续向前推进，隐约见草丛后大片的污泥湿地。

水流急起来，小艇摇晃，屡见漩涡，她俩吓得紧紧抱在一起。河口越来越阔，破艇被吹得横过来。水流越来越急，河口完全打开，眼前是广宽的湖面。

紫水鸡远在河岸，看在眼里："蠢材！跟什么？能飞？有啥用！河上漂？哪管用！我要背包里的巨树种子，弄翻那艇，把她们逼上岸！"

绿头鸭："快翻了，快翻了，艇一翻就行动。"

没久，破艇漏水，湖水瞬间浸满小艇，加上湖面劲风吹来，破艇快速沉没。

苏菲精灵和加宝掉进水里，随水浮沉。

绿头鸭问："好玩吗？"

干果里的加宝："我不会游泳，救命啊！"

绿头鸭群潜入湖水，原本清澈的湖水，在鸭群争夺混战中，变得浑浊不清。

岸上的黑天鹅，伸着优雅的长脖子，发出高亢刺耳的哨声，张开宽大翅翼，飞降湖中，驱赶绿头鸭群。

透着磁光的干果被抢夺、被抛上岸，在空中翻滚后，还是被率先抢滩上岸的黑天鹅抢到。他牢牢地将干果含在喙里，急速踱向浅滩湿地，在草丛里掘了土坑，将干果放进坑里，再用杂草落叶盖着。

"不是吧！这样就被活埋了？"

"还会被潮水淹盖，怎么办？"

"救命啊！救命啊！"

磁光终被泥土掩盖，天上的海鸟们看不见，找不着。怎么办？

黑暗里，加宝："我最后还是变成了垃圾。"

苏菲精灵："磁光终会被海鸟看见。"

加宝哭了："我自己跑来堆填区，会被循环再用，变成塑胶水樽。大人喝完水，将我丢进垃圾筒，我会再被送去堆填区，再循环使用！"加宝吓得眼泪直流。

苏菲精灵唱："别伤心，别悲哀，没人在旁，精灵在！会聆听，懂安慰，能变真，我的心事是真，是完美的玩伴。能隐身又能现身，是你一部分，童年的一部分，像玩具般陪你、伴你长大，直到你长大。"

苏菲精灵鼓励加宝。

加宝：“我被困在堆填区，妈妈会很寂寞。”

苏菲精灵：“哦，你很乖。”

加宝：“我没有兄弟姐妹。”

苏菲精灵：“没有兄弟姐妹，不要担心；没朋友，别发愁，别掉眼泪，别埋怨。不要紧，你不会孤独，不要恐惧，做个好女孩……”

加宝：“不要这，不要那，会很沉闷……”

苏菲精灵：“但你可继续调皮。”

久候岸边的紫水鸡赶到土坑前，他又掘又扒，磁光干果被挖了出来。

苏菲精灵：“太好了，终于得救了。”

加宝：“别再藏身干果里。”

终于，藏身在干果里的加宝和苏菲精灵，给紫水鸡活捉了。

树梢上的图伊鸟群看见了，即飞离树顶，发出尖锐哨声，以人类无法捕捉的声波，通知了精灵们的近身保卫红嘴鸥。

现实中，墙壁上时钟是午夜十一点四十分。妈妈放下了酒杯，穆雷把加宝抱回卧室。

妈妈：“今晚的话题真有趣。”

穆雷：“等下星期你们上完滑雪课，回程时再来住一晚，我们一起进森林走走。”

穆雷把加宝放在床上，她翻了个身，睁开眼缝，又马上紧闭，梦境继续。

8.4

誓续元帅宏愿的红嘴鸥群

悲痛的红嘴鸥群尽显落魄，徘徊于元帅墓地前久久不愿离去。

可是伤痛还是被图伊鸟群尖锐的哨声唤醒，如元帅英魂显灵号召，他们对苍天应声哀哭，纷纷从农庄大宅屋顶起飞，向复仇军令飞去。

众鸟眼下，仇恨的烈焰与火山群峰内翻滚的火焰岩浆融合。

红嘴鸥群低飞入丛林。近身护卫海鸥群在光秃秃的树干枝和枯黄的须根间分头寻光去。

其中一只红嘴鸥见到青丝磁光由丛林射出，他找到苏菲精灵及加宝藏身的干果。红嘴鸥咬紧干果飞起，紫水鸡急唤绿头鸭群，鸭群飞天追赶，疯狂地啄击海鸥背羽。红嘴鸥感到剧烈的痛楚，仍紧咬干果，大力摆动双翼，欲摆脱鸭群。

幸好，成群红嘴鸥飞至，掩护受伤的同伴，载上干果，飞出密林。

地壳裂口喷出团团烟气，空中弥漫着刺鼻的硫磺气味，热腾腾的泥浆池里一个又一个圆圈即现即灭。橙红池边沿围翠绿池水，间歇泉喷出一次又一次的热水柱。

图伊鸟群老远看到英勇的红嘴鸥群。

背羽受重伤的红嘴鸥恐飞不过这火山群，唯有使劲地，把藏身干果抛向邻近冒烟泥滩。

8.5

谁吞吃了巨树种子？

高海拔滑雪区内，山坡陡峭，高山鹦鹉从石隙间踱出。

他神志恍惚，眼神涣散迷惘，呆看蓝天，更索性倒下，躺卧在碎石堆中。

“如这是我坟地，看到的也是这景色吧？承受！缓慢而无力，直到记忆、躯体，最终灰飞烟灭？只有跳下去，或许必须跳下去！”

日照刺眼，高山鹦鹉眼睛扭曲，紧紧闭上，突感体内一阵痉挛。他必须站直，尽可能挺直朝天，直到痉挛停住，才可慢慢放松身体，但内脏却刺痛紧揪，便索性趾上头下，趾爪抓紧树枝，倒挂鸟身，来缓减刺痛。

他耳朵里传来童稚的声音：“你真没用。”

又传来一个老成的声音：“去死吧！笨蛋！”

强风雪岭上，高山鹦鹉的唯一良伴杂草精灵不忍地唱：“死守？沉寂？是无知还是愚蠢？承诺，谁的承诺？要义无反顾，要传承下去？”

高山鹦鹉对伴他多年的杂草精灵哭诉：“是跛脚入侵，他附在我颈上，所有飞鸟都听他的，都在命令我、监视我、陷害

我，我只能躲在高山！他却追进我颈项，控制了我，扰乱我的心智，能读出我的心意，能控制我的感觉。听见鸟叫吗？他又在传话给我，所有鸟都是跛脚鹦鹉派来的间谍，天上星星监视着我，跛脚鹦鹉在消耗我的寿命。我被跛脚鹦鹉夺了魂，我已无助，他掌控我，他害我永留雪山！孤寂终老！孤寂终老！”

他突感僵硬，颈部涌起强烈的紧绷感，越来越硬，跛脚鹦鹉在颈内正教训他，紧咬他。颈内跛脚鹦鹉怒火中烧，唯一能摆脱这紧绷感的，就是将头用力甩。但片刻后，那紧绷感再现，必须激烈地甩头，再甩头。

高山鹦鹉：“不容跛脚鹦鹉再入侵我，必须了断，摆脱重生。”

他扭曲着脸，厌恶极了这眼前的身躯，伸出翅膀，张开爪子，发笑：“别想再害我，我先下手为强。”高山鹦鹉决定杀死颈里的跛脚鹦鹉。

耳朵里那老成的声音提示他：“保持安静，不要说话！他会听见。”

高山鹦鹉有了新计划，他从雪山峰顶俯冲下降至冰川，在冰湖面低飞。冰块叠积成一排排冰峰，冰瀑布晶莹透亮的冰瀑柱随时会融化倒塌。融冰水面倒映蓝天白云，浮冰漂移，风把冰湖面化成晶莹透明的薄冰，透着晶莹的蓝光。

高山鹦鹉无惧寒流，急速飞上冰峰顶，等待圆月高挂！

他眼神深邃，细看星空，直至两眼空洞，尽一生去等待！沉寂、凝固、杳然无声，呆立冰峰，他释放灵魂最深处的孤独，他跃下冰洞里。

在雪崖冰瀑间有晶莹冰滴，高山鹦鹉飞上洞顶，吞下晶莹冰滴。

高山鹦鹉向漫天星云宣告："已寻到巨树种子，并已吞下，已吞下，鹦鹉速回森林静候，暴力的世界已完结，新世界的主人，鹦鹉王国！攀木英雄速回森林新世代！成就！称皇！成万禽之皇！迎接最漂亮的七彩新世界。"

8.6

谁找到古树森林？

整晚的狂风暴雨扫过荒岛礁屿，沿岸的高地山坡，石滩植物历尽风雨。山坡上矮树被海风吹得倒下半边树身，峭壁间杂草精灵唱："雨啊，风啊！摧毁我吧。来吧，远播种子，吹散我的种子，吹得越远越好。"

图伊鸟群抵住强烈的阵风，继续分头行事。一队图伊鸟群在地热泥滩载上了苏菲精灵、加宝，从烟气处处的泥滩飞出。同时，另一队图伊鸟群也找到安玛精灵和摩卡小狗，从峡湾密林飞出。两队会合了！

图伊鸟群冒着风雨，引领两个小精灵，飞越淤泥地，继续飞越平原森林，飞向沿海森林。

黑暗中，沿海森林的巨树群中，一脸病容的古树精见到

青丝磁光缓缓飞近。古树精对星夜高唱："盼望成真，终于来临，替我欢喜，替我高兴，终于等到今天。看越来越近，越来越近！爱是什么？是恒久等待，是长久忍耐。星星、月亮，你看见吗？见证吧！年复一年，追捕、猎杀、梦碎、孤寂、怜悯过后，爱是恒久等待，是长久忍耐。我没在深山，就在海岸，等了百万年，每个绝望伴随每个夜，从日落等到日出，最长久的盼望终于过去，终于实现。长久的盼望，现在终于实现。"

狂风吹至，本土雀图伊鸟群被风带着滑行，疾风将两个小精灵带到了古树森林。在古树前，安玛精灵捧上加宝的背包。

来自原始森林最纯正的种子，在古树前，强光乍现。

众鸟纷纷从树穴里出动，吓得加宝摔下鸟身。

"避开！"加宝大声叫嚷。

幸得苏菲精灵飞身提起背包，拖上高空。背包反转、打开，贝壳石从背包倒出来，强烈的闪光喷射而出，纯种从贝壳石中爆出。

终于，纯种送到了巨树森林——离海岸线不远的森林，原来这里才是最古老的古树群。

清晨，风雨停了，空气中充满水雾，耀眼的晨曦终射穿云层。

第九章

童年久一点

Childhood, Extended

9.1

假期的滑雪课

雪山山脉，群山相连，峰峦迭起。窗外是高海拔的滑雪场和高山灌木丛。

“避开！”加宝在床上大叫。

妈妈：“加宝，起床啦，今早要上滑雪课。”

妈妈冲泡好牛奶咖啡，身上披着厚厚的丝绵睡袍，从房间门槛拿起当天的报纸。妈妈一眼看见标题《卫星跟踪的斑尾塍鹬从新西兰迁移到黄海》，插图附上迁移路线，原来斑尾塍鹬会不间断地飞行9天到黄海。

加宝还赖在温暖被窝里，一动不动。

妈妈：“起床了，加把劲。”

加宝：“我正在起床，我已经加油了，看我的头。”

她双眼虽没睁开，但头就上下移动，假装幻想头是加油的油门，正加油起床。

妈妈：“快点，滑雪课九点开始，我们还要去吃早餐。不知道你怎么睡的，看，床单这么乱，掉转了！”

加宝：“别责怪我，怪我的梦，我经常做噩梦！”

妈妈：“你做了什么噩梦？”

加宝拿起床头柜上的纸和颜色笔：“妈妈，我想最好发明一个噩梦圈套，挂在床旁，它会把噩梦全抓进这套子里，小朋友可以安睡整个晚上。”

妈妈：“这主意真好。”

加宝：“妈妈，我不喜欢我的名字。”

妈妈：“为什么？”

加宝：“因为有同学叫我垃圾。”

妈妈：“妈妈给你取这名字，是喜欢它的英文发音与粤语完全相同。以前有位很出名的好莱坞影星，名为葛丽泰·嘉宝。没错，与英文的‘垃圾’有些音近。那你怎回应他呢？”

加宝：“我叫他废物。”

妈妈：“真的？你真勇敢。”

加宝：“他对我残忍，所以不能让废物走进垃圾箱的安检门。”

妈妈：“很有道理，快去梳洗吧。”

9.2

魔术盒的玩法

地上满布白雪，两人步出酒店，走向对面的礼品店。

妈妈：“可以拖你的手吗？”

加宝：“不，我朋友会看见。”

妈妈：“这里离学校很远。”

加宝：“妈妈，很难讲，间谍无处不在。也许应该发明一只小手，做大人的玩具，放进你的口袋里，肥肥、温暖又柔软的小手，用来安慰那些未来寂寞的妈妈。电视广告宣传片都是这么说的：‘携带式宝贝，会小便，懂大便，会笑，能尖叫！特别适合孤独的妈妈，无法接受孩儿已经长大。为免电视机前的你，成为孤独的猫女士，尽快购买，现在全国有售，热卖中！’”

妈妈被酸，只能瞪她一眼。两人走进店里，看见三条银色脚链，标志是“永远！最好！朋友！”。

加宝：“妈妈，我可以买这脚链吗？”

妈妈：“理由呢？”

加宝：“我可以让汉娜选一条，凯琳选一条，一条留给我，我们三个可以是永远最好的朋友。”

妈妈见理由充分，答应了。

礼品店转角外，加宝又看中一个银色首饰盒。

加宝："妈妈，我可以买这个吗？"

妈妈："用来做什么？"

加宝："用来做首饰盒。"

妈妈："你有首饰吗？"

加宝："我有发夹可以放进去，或者可以把脚链放进去，或者它可以是我的魔术盒。"

妈妈："你用魔术盒做什么呢？"

加宝："我有几百万个玩法。"

妈妈："你脑袋里有所有的好理由，我们先去吃早餐，或者你写在一张纸上，告诉我魔术盒有多少个玩法。如果写得好，上完滑雪课就买。"

加宝："好的，就这样决定了！妈妈，我要玩具！你不能怪我，都是你的错。"

妈妈："为什么是我的错？"

加宝："我的父母离婚了，我的奶奶走了，我的爷爷、外公、外婆又离我很远，我的姑婆只给我一匙米饭，我没有兄弟姐妹，我的童年只有玩具，只有玩具陪我长大，所以玩具不是装饰品，是必需品。"

妈妈："你长大了应该去学法律，做律师。"

加宝跑进旁边的咖啡馆，向收银员借了盒彩色蜡笔，匆忙坐下创作她今日的新诗《我的魔术盒》。

妈妈则买了早餐，收银员交给她餐号牌子。

咖啡馆里有两位老人家和一些小男孩，男孩们坐在窗台上，津津有味地吃着炸洋葱圈，喝着冻巧克力。侍应端上热乎乎的汤，那老爷爷懒洋洋地把身子往前挪，靠着餐台，拿起汤匙，把汤翻动，慢条斯理地将热汤往老奶奶嘴里送。

餐厅播起轻快的爵士音乐，妈妈从杂志架上取了本育婴杂志，封面标题是《你能控制婴儿的性别吗？》。

加宝："你在看什么？"

妈妈："这篇文章说的是关于怎样去控制婴儿的性别。"

加宝："这是什么？"

妈妈："是男孩的遗传符号。"

加宝："嗯？"

妈妈："十字架代表女孩。"

加宝："不明白。"

妈妈："有箭头的是男孩，因为男孩的心，总想四处跑，去踢足球，去打高尔夫球，去钓鱼。"

妈妈："十字架代表女孩子，要照料小朋友、煮早餐、准备午餐盒、接放学、陪玩、做晚餐……就好像背负着十字架，责任重大。"

加宝："妈妈，这真有趣。"

妈妈："你现在记得了。"

侍应端上早餐，加宝开动了。

她用叉子把香肠叉起来，并在脸颊边给妈妈看："你知道吗？香肠和加宝是绝配，我们是孪生姐妹。"

妈妈："你喜爱食物？是吗？有些小孩不爱吃东西。"

加宝："我喜欢大多数的食物，因为如果不吃东西，不能生存，但是如果没有衣服，可以披上毛巾。"

妈妈："或许你要少吃点，多做运动。你看你的脸蛋，胖嘟嘟的。"

加宝坚决反对："不可以！小朋友的权利是一日吃三餐，你上网查一下。"

加宝补充："妈妈，我长大了，会给你买一间大屋。"

妈妈："哇，很好！你很慷慨。"

墙上时钟指向八点五十分，加宝继续写着要买新玩具的理由。

妈妈看她头发刘海盖到了眼睛："你的头发需要剪短。"

加宝："不，你一直剪我的头发！什么时候你才不再剪我的头发？我光头的时候吗？"

妈妈笑了："长头发很重要吗？"

加宝："对，在小孩子的世界，漂亮就是长头发再戴上漂亮的发夹，像维多利亚的头发，梳得整齐，不一定要扎起，但必须长长的头发。"

旁边桌的男孩跑出去了。

妈妈催促："是时候上滑雪课了。"

加宝终于写完了："妈妈，你读一读这首诗，要是写得好的话，就买那首饰盒，啊不，那魔术盒。"

加宝站起："拜拜！我爱你，记得看。"

那对老人家站起离座，穿上厚厚的踏雪装备。领队进来，引领参加"徒步踏雪之旅"的学员，他们将走进冰雪覆盖的树丛。

妈妈也步出咖啡馆，远处雪山起伏。

她戴上耳机，听着浪漫的拉丁伦巴音乐，走向直升机停机坪。

机舱内，妈妈从衣袋里取出那纸条，加宝的诗用彩色蜡笔书写：

我的魔术盒

我会放进我魔术盒里，
黏糊糊银色小毛虫躲进我袜子里的情景，
蟑螂搬运曲奇，咀嚼饼干的声音，
老鼠仿效米迈克尔·杰克逊跳摇滚舞的视频。

我会放进我魔术盒里，
我站在蒙娜丽莎旁边的情景，
男天使向巫婆求婚的歌声，
鲨鱼嫁给金鱼的视频。

我要放进我魔术盒里，
一个功夫妈妈挑战嘎嘎女神的情景，
在笨猪跳台上，奥巴马咬指甲的声音，
一只蚂蚁走去麦当劳的视频。

我的魔术盒里放满了，
伊丽莎白女王首饰箱里的珠宝，
1012年火山灰里的红、绿宝石，
莫扎特卧室的水晶吊灯。

我的魔术盒里还有，
来自印度古老寺庙的黄金，
珠穆朗玛峰的一根杂草，
太平洋海底的海藻。

我会在魔术盒里做的事，
登上喜马拉雅山顶，
建一个过山车直接滑去埃菲尔铁塔塔顶，
和科比·布莱恩特比赛篮球，帮他赢得最新的目标。

我会在魔术盒里做的事，
把“地球”这个字换成“森林”，
把小孩变成大人、大人变成宠物，
跳上弹簧床，降落在最亮的金星。

加宝教授（16班）

完结

加注：妈妈，我爱你，由我的心，从我的灵，在我的骨子里。所以请买，买这魔术盒给我，它不是玩具，是必需品，让我的童年久一点、久一点点！请！！请！！！放个樱桃在顶。

真正完结！

加加注：我保证下学期会好好学习。

直升机舷窗外，有连绵雪山、深沟、丘陵及高山。一个被群山环绕的遗世小镇，湖边的翠绿山城，白雪覆盖的山头，森林、禽鸟悲惨壮烈的故事不停地发生着。万物经历成长、进化，生命充满挑战。

在滑雪场上，孩童们正练习着滑行。突然，半空下起小小薄冰，冰尘结晶，闪闪发亮，粒粒如水晶吊灯钻饰般，旋转飞坠。青年教练带领好奇、兴奋的孩童们把弄玩耍。

高空冰滴尘中，冰晶飘浮，清晨暖光，折射奇幻缤纷，如万众新生。两个小精灵欢悦地飞越翠绿平原上空。是的！她俩正飞向、飞越两道交叠的彩虹圆圈，那是两个完整的七色彩虹圆圈，腾空介于蓝天与大地间，小精灵们乘载重生的冀望穿越……

七彩光照下的森林里，新生命即将诞生，林木得到风雨滋润，树梢长出更新的红芽。蕨类植物丛里，新生的鸟儿开始啁啾歌唱，又是传送爱的一天，去爱和被爱吧。

完

前传

反收购的开始

北京的商业区，高楼幢幢；繁华夜里，整个城市灯火辉煌。

某甲级写字楼内，几个年轻男女拿着文件从不同的房间走向会议室，他们正准备召开今天最后一个会议。

另一房间，三十岁出头，刚荣升为收购兼并总监的高莎与德国汉堡的代表律师匆忙结束对话，放下手机，拿起文件，走向长廊。

秘书追上来递上电话："高莎，你爸找你！"

高莎："跟他说我正去开会。"

秘书："说了。"

高莎："叫他把文件电邮给我，看完后，我会打电话给他，他要排队啊！"

秘书："对不起伯父，高莎说她很忙，她正要去开会……"

秘书："他挂了，他说提醒你，你还在用他的姓，别叫他排队。”

高莎摆一摆手，转身走进会议室。刚放下文件，又见秘书在玻璃门处，拿起手机，做口形暗号。

高莎只好走出会议室转过身，用背去抵抗玻璃墙内众人催促的目光。

高莎唱了慢版的生日快乐歌。

“祝你生日快乐，祝你生日快乐，祝你生日快乐，祝加宝生日快乐……晚安，我爱你，宝贝。”

这就是加宝上幼儿园前的妈妈。不要以为今天是加宝的生日，那是妈妈唯一会唱的儿歌，是每晚的安眠曲。

秘书接回话筒：“下个月去幼儿园面试，主打歌不用替她练习了。”

高莎：“你是讽刺我不会唱儿歌吗？”

秘书：“是提醒你，听说幼儿园面试，评委可能要求小朋友表演唱儿歌。”

高莎：“就唱这首生日歌吧，也是儿歌！要不你帮我上网另找一首儿歌备用吧。”

这是两岁时加宝的妈咪，她总是一个接一个的会议。

夜深了，众人陆续离开办公室。

高莎对秘书说：“我明早去德国开会，今晚必须做完手上的工作。告诉司机，我会很晚才下班，我自己坐出租车回去就好，别等我了。”

时钟的时针绕了一圈又一圈，她在办公室内不停地翻阅桌面上的文件，每隔不久，电脑叮一声，电邮传来加密档。她索性躺在沙发上，闭目沉思，片刻站起，凝视楼下车水马龙的闹市。

终于定下方案，她走回电脑前，在键盘上输入。

荧光屏出现以下文字："……对手已过度举债，是时候展开反收购。"

高莎站起，蹬上尖头高跟鞋，走到酒柜，取出酒杯，倒了半杯红酒，一口喝下。

步出办公室，在偌大的写字楼里，关完一排又一排的白色灯管。

来到电梯大堂前，竟发现电梯早已被关停了，她拿起手机，想打电话给秘书，再看看手表，凌晨三点十分。

干脆走进楼梯间，从26楼走下去。走到18楼，她干脆脱下高跟鞋，继续向下走。

她愁容满面，脑海中不停重复着咒骂、推撞、拉扯的画面，仿佛看见楼梯的小窗户外，有人坠下。她将脸侧开，视线尽量避开每层楼的小窗户，双腿的酸累仍无法将思绪扯开。

下到3楼，保安跑上来道歉。

保安："高总，对不起，打个电话给我，我就可以开电梯给您。"

高莎："我手机里没你们管理处的电话，而且太晚了，我也不想打去问秘书要。"

保安连忙护送高莎出大堂，殷勤地替她推开玻璃门，走到路边。

保安："真对不起，不好意思，要您从26楼走下来。"保安边道歉边陪伴赤脚的高莎，截停路边经过的出租车。

高莎："没事！我难得运动。"

深夜里，沐浴后的她穿上睡袍，保姆问："想吃点东西吗？"

妈妈："不需要，给我冲壶薄荷茶吧。宝贝，过来和妈妈睡。"

她把熟睡的加宝抱回自己的房间，亲吻肥胖的小脸。

宽大软垫搁在床头，她抱着加宝躺下，盖上被子。母女俩依偎着。她脑海中再次重现董事局会议被股民冲入中断、动粗打斗、保安阻止、警员调停、有人冲上天台威胁跳楼的画面。

妈妈继续穿梭多国出差，每次都顺应加宝的要求买玩具。在菲律宾保姆的照顾下，加宝读完了幼儿园，升上小学一年级后不久，六岁了。

妈妈带加宝离开了香港，去了新西兰。

完

后记

感谢我的家人，特别是父亲谢宏彰先生，一位终身从事外语研究和教学的语言学者。父亲，感谢您在我幼小的时候，只管带我流连书店，在您八十高龄的时候，仍顶着眼疾，为女儿的首部著作的英文版翻译完成最困难的章节。

也感谢我的两名菲律宾家庭助理Melita 和 Flora，对我和女儿的照顾，没有你们十几年的支持，就没有这梦想的诞生。

感谢前夫，给予我情感上的多种体会。对生活、生命的宝贵领悟，成为我灵感的源泉，丰富了我的文学创作。

希望世界各地的读者，能通过鸟眼看人性，我期望这是一本探索欲望和爱的哲理书，歌颂万物有爱。

谢　勤

2021年夏